倪匡奇情作品集

木蘭花傳奇 6

奪命燭

（含：神秘之眼、奪命紅燭）

倪匡 著

目錄

神秘之眼

奪命紅燭

【總序】

木蘭花VS.衛斯理——倪匡奇幻系列的兩大巔峰

秦懷玉

對所有的倪匡小說迷來說，《衛斯理傳奇》無疑是他最成功、也最膾炙人口的作品了，然而，卻鮮有讀者知道，早在《衛斯理傳奇》之前，倪匡就已經創造了一個以女性為主角的系列奇情故事，甫出版即造成大轟動，《木蘭花傳奇》遂成為倪匡眾多著作中最具特色與最受讀者喜愛的兩大系列之一；只因衛斯理的魅力太過強大，使得《木蘭花傳奇》的光芒被掩蓋，長此以往被讀者忽視的情形下，漸漸成了遺珠。

有鑑於此，時值倪匡仙逝週年之際，本社特別重新揭刊此一系列，希望藉由新的編排與介紹，使喜愛倪匡的讀者也能好好認識她。

《木蘭花傳奇》是倪匡以筆名「魏力」所寫的動作小說系列。原載於香港新報及《武俠世界》雜誌，內容主要是以黑女俠木蘭花、堂妹穆秀珍及花花公子高翔三人所組成的「東方三俠」為主體，專門對抗惡人及神秘組織，他們先後打敗了號稱「世界上最危險的犯罪集團」的黑龍黨、超人集團、紅衫俱樂部、赤魔團、暗殺黨、黑手黨、血影掌，及暹羅鬥魚貝泰主持的犯罪組織等等，更曾和各國特務周旋、鬥法。

如果說衛斯理是世界上遇過最多奇事的人，那麼打擊犯罪集團次數最高的，即非東方三俠莫屬了。書中主角木蘭花是個兼具美貌與頭腦的現代奇女子，在柔道和空手道上有著極高的造詣，正義感十足，她的生活多采多姿，充滿了各類型的挑戰；她的最佳搭檔：堂妹穆秀珍，則是潛泳高手，亦好打抱不平，兩人一搭一唱，配合無間，一同冒險犯難；再加上英俊瀟灑，堪稱是神隊友的高翔，三人出生入死，破獲無數連各國警界都頭痛不已的大案。

若是以衛斯理打敗黑手黨及胡克黨就得到國際刑警的特殊證明文件的標準來看，木蘭花在國際刑警的地位，其實應該更高。

相較於《衛斯理傳奇》，《木蘭花傳奇》是入世的，在滾滾紅塵中演出令人目眩神搖的傳奇事蹟。衛斯理的日常儼然是跟外星人打交道，遊走於地球和外太空之間，事蹟總是跟外星人脫不了干係；木蘭花則是繞著全世界的黑幫罪犯跑，哪裡有犯罪者，哪裡就有她的身影！可說是地球上所有犯罪者的剋星！

而《木蘭花傳奇》中所啟用的各種道具，例如死光錶、隱形人等等，一如倪匡慣有的風格，皆是最先進的高科技產物，令讀者看得目不暇給，更不得不佩服倪匡驚人的想像力。

尤其，木蘭花等人的足跡遍及天下，包括南美利馬高原、喜馬拉雅山冰川、北極、海底古城、獵頭族居住的原始森林、神秘的達華拉宮及偏遠隱密的蠻荒地區等，讀者彷彿也隨著木蘭花去各處探險一般，緊張又刺激。

《衛斯理傳奇》與《木蘭花傳奇》兩系列由於歷年來深受讀者喜愛，書中主要角色逐漸由個人發展為「家族」型態，分枝關係的人物圖越顯豐富，好比《衛斯理傳奇》中的白素、溫寶裕、白老大、胡說等人，或是《木蘭花傳奇》中的「天使俠女」安妮和雲四風、雲五風等。倪匡曾經說過他塑造的十個最喜歡的小說人物，有三個在木蘭花系列中。白素和木蘭花更成為倪匡筆下最經典傳奇的兩位女主角。

在當年放眼皆是以男性為主流的奇情冒險故事中，倪匡的《木蘭花傳奇》可謂是開創了另一番令人耳目一新的寫作風貌，打破過去女性只能擔任花瓶角色的傳統窠臼，以及美女永遠是「波大無腦」的刻板印象，完美塑造了一個女版○○七的形象。猶如時下好萊塢電影「神力女超人」、「黑寡婦」等漫威女英雄般，女性不再是荏弱無助的男人附庸，反而更能以其細膩的觀察力及敏銳的第六感，來解決各種棘手的難題，也再一次印證了倪匡與眾不同的眼光與新潮先進的思想，實非常人所能及。

《女黑俠木蘭花傳奇》共有六十個精彩的冒險故事，也是倪匡作品中數量第二多的系列。每本內容皆是獨立的單元，但又前後互有呼應，為了讓讀者能更方便快速地欣賞，新策畫的《木蘭花傳奇》每本皆包含兩個故事，共三十本刊完。讀者必定能從書中感受到東方三俠的聰明機智與出神入化的神奇經歷，從而膾炙人口，成為讀者心目中華人世界無人能敵的女俠英雌。

神秘之眼

1 不速之客

接連三小時的大雨，將空氣中的塵埃沖洗得一乾二淨，而且，暴雨使空氣中產生陰電子，令人覺得異常的舒暢。

當下雨的時候，穆秀珍伏在窗前，不斷地盼天晴，可是如今天晴了，陽光從雲層中透出來，顯得分外地明媚，然而穆秀珍這時卻又鼓起了腮幫，瞪大了眼睛在生氣了。

她盼天晴，是因為她早和木蘭花、高翔、馬超文等四人約好了去海外捕捉海豚的，據報紙稱，在本市以南的海面上，發現了大批海豚。

海豚是十分有趣的動物，據生物學家稱，牠是海中智力最高的動物，穆秀珍希望有兩條小海豚，養來給她解悶。

但就在他們要出發的時候，天下雨了。

好不容易等到天晴，據有經驗的人說，雨過天晴，海豚便會不斷地竄上海面，跳躍著，發出怪聲，像是享受清新的空氣一樣。

這種時候，是捕捉海豚的最佳時刻了。

然而，雨晴了，她們卻又走不了了。

那是因為她們來了客人。

木蘭花和穆秀珍兩人脾氣性格雖然大不相同，然而她們兩人都有一點是相同的，那便是她們兩人都十分好客。

這也是她們的朋友十分多的原因。

可是如今來訪的這兩個不速之客，卻顯然不受她們姐妹兩人的歡迎，穆秀珍鼓腮瞪眼，一臉不高興的樣子。

別說她，就連木蘭花，也是眼望著窗外，看著吱吱喳喳在枝頭啼叫的小鳥，像是根本未曾聽那兩個客人在講些什麼。

可是偏偏那兩個人卻講個不完！

他們是怎樣的兩個人呢？一個是大胖子，半禿的頭，雨後的天氣一點也不熱，但是他卻頻頻在抹汗，一條名貴的絲質手帕已經半濕了。

另一個是一個面目陰森、狡猾兼而有之的瘦子，那瘦子只是坐著，並不出聲，而且他顯然也看出了木蘭花姐妹兩人對他們的冷淡，是以他的神色看來十分尷尬，不斷地用手去整理他的領帶，其實他的名貴領帶結得十分整齊。

這兩人的衣著裝飾莫不是名貴的東西，那胖子在抹汗的時候，他手指上的一只鑽石戒指發出眩目的光彩，穆秀珍心中暗暗地打定了主意，如果再過五分鐘，這兩個傢伙還不走的話，那麼一定將他那只鑽石戒指偷下來，捐到養老院去。

這兩個人，是本市「水晶宮」的兩個大股東。

所謂「水晶宮」，那是本市為了招攬遊客，增加稅收，而設的一座大酒店兼大賭場。它設在市郊，由於它的一個大廳全是用特製的夾層玻璃裝置，而玻璃與玻璃之間注滿了海水，養著許多千奇百怪的游魚，置身其間，恰如在水晶宮一樣而得名。

「水晶宮」有最豪華的設備，有最佳的招待，也有你所能叫得出名堂來的各種各樣的賭博設備，只要你有錢，你可以在「水晶宮」中享受到連古代阿拉伯帝王都不能享受到的一切——包括你輸光了之後，由賭場贈送的免費回鄉機票。

它是絕不遜於蒙地卡羅的一個賭博場所。

這樣大規模賭場的大股東，當然是數一數二的有錢佬了。

但這時，那胖子的面色卻十分難看，他絞著手帕，乾笑著道：「木蘭花小姐，我們不是到走投無路，是不會來求你的，你知道，我們為了招攬遊客，是不限賭注的，你知道那個人昨晚下了多少注，天，他一開始就下了一萬鎊。像以往幾天一樣，他專賭骰子，賭大小，他總是贏，而且他不將籌碼收回去，老天，一萬鎊，贏了一次，便成了兩萬鎊，再贏一次，便變四萬鎊，你知道這個人，他……昨晚贏了多少？」

「多少？」木蘭花冷冷地反問。

「六十四萬鎊！」胖子幾乎在絕望地呼叫。

這的確是一個極其驚人的數字，六十四萬英鎊！那就是說，這個賭客連贏了六次——木蘭花心中暗忖，然而她也覺得，那人這樣賭法，是十分不聰明的，因為他只要輸一次，就什麼都輸光了，除非他可以有必贏的把握，然而賭博豈有穩贏的事情？

木蘭花心中在想著，但是她面上的神情仍然十分之冷漠，因為她對眼前這兩個以賭為生，間接不知害了多少人的所謂「商人」，心中十分鄙視。

「六十四萬鎊！」那胖子又重覆了一句：「接連五天了，他賭大小，從來也未曾輸過，就像他能夠看穿蓋在骰子上的碗，看到骰子的點數一樣。前四天，他賭注還不大，雖然引起了我們的注意，但還不致於使我們恐慌，可是昨晚他開始下了大注，誰知道他這樣下去，今晚會下多少注，『水晶宮』要破產了。」

「我看不出『水晶宮』破產對我有什麼關係。」木蘭花仍是望著窗外的一抹青天，她心中已經決定要下逐客令，不再理會這兩個人了。

穆秀珍大聲道：「如果這賭場破產的話，那該是大快人心的事，賭博的風氣瀰漫本市，間接造成了許多罪惡，『水晶宮』關門大吉，豈不是好？」

胖子和瘦子兩人的面色十分難看。

木蘭花是知道他們面色難看的原因的。

這個大賭場，是一個無限公司的組織，它的幾十位股東，全對賭場負有無限的責任，而賭注又是不限的，也就是說，只要你運氣夠好的話，你可以將幾十個股東所有的財產一起贏過來。當然，賭場方面總是贏的機會多，這樣標榜，無非是為了招攬客人而已，卻不料如今真的有一個每賭必贏的人來了！

這怎能不令得他們五臟抽搐，比死了父母還傷心？

他們自然不同意穆秀珍的話，人家賭得虧空公款，傾家蕩產，這正是他們求之不得的事，但是他們卻又不敢反駁，只得尷尬地苦笑著。

那瘦子直到這時才開口道：「木蘭花小姐，我們相信你一定能找出這人的必勝原因來，所以我們才來請你幫忙的。」

「嘿，」木蘭花的面色變得十分不悅，站了起來，「我什麼時候變成『水晶宮』的巡場了？我看，兩位還是不必浪費時間了。」

她毫不客氣地下了逐客令，穆秀珍幾乎要拍手大聲叫起好來。

胖子和瘦子狼狽地站了起來，瘦子道：「是，是，我們太無禮了，不過，如果木蘭花小姐幫我們解決了這個難題，那麼，我們股東緊急會議已經決定撥出一筆款子來——」

「什麼？」木蘭花充滿著怒意的眼光，向瘦子掃去。

瘦子十分惶恐，忙道：「這筆錢，準備造一間醫院，以木蘭花小姐的名字命名，來替病人免費診療，那是一件好事啊。」

「嗯，」木蘭花的面色柔和了些。「其實，歷年來你們『水晶宮』賺了不少錢，早就應該做點善事了，如今可說是急來抱佛腳！」

瘦子和胖子互望了一眼，看來木蘭花已有答應的意思，他們面上略有喜氣，連聲道：「是，是，穆小姐說得是。」

「好，那我們來說個明白。」木蘭花坐了下來，「如果我為你們解決了這件事，那你們也不必造什麼木蘭花醫院，我向來不好出風頭，你們造十個平民診所，分佈十個不同的區域，這十個診所的一切維持費用，都由你們供應，答應麼？」

要經年累月地負擔十個診療所的費用，當然不是一件簡單的事，但是想起一夜之間便輸去的六十四萬鎊，兩人也只好咬著牙答應了。

「好，」木蘭花又道：「你們已經輸了的錢，我絕不負責追回，我受委託，是從今天開始，你們要明白這這一點。」

兩人又忍痛點了點頭。

「那人大抵什麼時候來的？」

「每晚九點就來了，他住在酒店中，喜歡游泳，像是歐洲人，平日出手豪闊——」胖子講到這裡，不禁苦笑了一下，所謂「出手豪闊」，那全是他的錢啊！

「木蘭花小姐，你準備如何行動？」

木蘭花略想了一想，才道：「他住在什麼房間，你可能給我一支他房間的鑰匙？使我可以順利一些地去進行調查？」

「當然可以，蘭花小姐什麼時候到，我便通知管房，替你……」

胖子的話沒有講完，木蘭花便搖頭道：「不好，你們還是將那人的鄰房準備好給我住，我準備冒充日本的富豪，住進酒店去。」

「隨便蘭花小姐喜歡。」胖子真可以說百依百順。

「秀珍，女富豪不能沒有秘書跟班，你就算我的秘書，再去通知一下——嗯，通知一下林氏兄弟，他們對一切賭是最專門的，立即請他們來見我。」木蘭花吩咐著。

「蘭花姐，那我們的約會……」穆秀珍苦著臉說。

「取消了。」木蘭花簡單地回答。

穆秀珍一臉不願意的神色，木蘭花望著她，道：「秀珍，古今中外，什麼樣的人都有，但是逢賭必贏的人還未曾出現過，你有機會可以和這樣的一個奇人打交道，你還在胡思亂想些什麼？還不快去通知林氏兄弟，請他們快來這裡！」

「蘭花小姐，」那瘦子問：「你所說的林氏兄弟，可就是林賽德、林賽保兩兄弟？」

「對，你們二十一點的賭檯，見了他們便宣布『暫時停止』的，就是他們兩人了，他們的賭術精通，但也不是必贏，但因為我對賭太不精了，所以要請他們來做顧問。」

「是，是，那我們恭候大駕了。」

「我大約下午五時左右就可以到了。」木蘭花來回走了幾步，「你們不可以走漏一點風聲，還有，你們調查過搖骰的人沒有？」

「不瞞你說，」胖子苦著臉，「昨晚是我搖骰的。」

本來，最大的可能便是搖骰的人和賭客通同作弊，但如今，這個可能顯然已經不存在了，這的確是一件怪事。

當一胖一瘦兩人告退之後，穆秀珍還在咕咕噥噥地埋怨，木蘭花正色道：「秀珍，你想想，這件事如果成功了，有多少病人可以受惠？」

穆秀珍低聲道：「關我什麼事？」

「秀珍！」木蘭花突然疾言厲色地叫了起來，將穆秀珍嚇了一大跳，「你這是什麼話，我希望這只是你氣頭上的話，而不是你心中所真正想的。」

「蘭花姐，」穆秀珍不好意思地笑了笑，「的確不是我心中所想的，只不過節目被打亂了，我……心中有點不高興而已。」

「別孩子氣了，我可以擔保事情比去捉海豚要有趣得多了，你快去通知林氏兄弟，再告訴高翔和馬超文，我們不去了。」木蘭花柔聲道。

「是。」穆秀珍又高興了起來。

2 單眼鏡片

當林氏兄弟來到木蘭花住宅的時候，正是下午三時。

木蘭花已玩了一小時的骰子，在試驗「大」或「小」的次數，機會幾乎是相等的，要一連贏三次已然十分難得，不要說可以連贏六次或六次以上了，當然絕對不是純粹的「運氣」了。

林氏兄弟也是本市三教九流的奇人中的一分子，他們以賭為生，但他們卻不是沒有學問的人。

弟兄兩人都是世家出身，攻讀的是數學，哥哥還有著數學博士的頭銜，弟弟則在美國一家規模宏大的電子計算機工廠中當過工程師。

可能是他們的家中自小將弟兄兩人管得太嚴了，連走路、穿衣都要受到長輩的干涉，是以一旦長輩棄世，兩人便如逢到了大赦的囚犯一樣，不約而同地迷上了賭，不幾年，錢輸得差不多了，人也精明了，但是也變得不想再務正業，成了吊兒郎當的人。

這，只要看兩人的打扮就可以知道了。

兩人相差兩歲，做哥哥的林賽德，已經是四十歲的人了，還穿著一件紅白相間的夏威夷衫。

弟弟林賽保更妙，紫紅色的皮鞋，淺紫色的褲子，淺紫色的上衣，手上戴著一只紫水晶的戒指，這種打扮，本市幾百萬人中，只怕也找不出第二個來了。

他們兩人嘻嘻哈哈地走了進來。木蘭花曾經有一次幫過他們的大忙，是以兩人心中對木蘭花感激不盡，他們知道木蘭花找他們必然有事。

他們對於能夠為木蘭花效勞，感到十分高興，一坐下來，便道：「蘭花小姐，有什麼指教？」

穆秀珍笑道：「別高興，蘭花姐要你們做跟班啦！」

「別亂說，」木蘭花瞪了秀珍一眼，「兩位，我有一些賭博上的事情要向你們請教，而且，還想兩位幫我一點忙。」

「只管說好了！」弟兄兩人異口同聲。

「譬如說，」木蘭花道：「用骰子來賭『大』『小』，要連贏六次的機會是多少？」

「是賭的人連贏六次，還是連開六次大，或是連開六次小？」林賽德反問。

「連贏六次。」

「那……」弟兄兩人互望了眼，「幾乎是沒有可能的事情，它的或然率可能是幾億分之一，幾乎沒有可能。」

「可是有人做到了。」木蘭花笑了一下，「而且，一連五晚都是那樣，昨天，這個人在『水晶宮』中贏走了六十四萬鎊！」

「就是賭『大小』贏來的？」兩人尖叫。

「是的，」木蘭花將賭場老闆來訪，和他們所答應的條件說了一遍，最後才說出了自己的計畫來，道：「所以還要委曲兩位，算是我的秘書。」

「這一點絕無問題，」林氏兄弟回答，「然而那個人——他竟有這樣的好運氣？這實在是使人意料不到，他會只贏不敗？」

「是不是他會聽骰的功夫？」木蘭花問。

「聽骰」是傳說中賭徒的功夫，當骰子流動著，停下來之際，可以聽出是什麼點子向上，而猜到準確的點數。

「那是不可能的，」林賽保搖頭，「就算他會，賭場中那麼吵，那胖子的搖骰手法如此之精，他是無論如何無法施展的。」

「可是他一定有什麼原因，才能夠連續贏錢的！」林賽德說。

「當然是，我們就是要將這個原因找出來。」木蘭花道：「兩位既然同意了，那麼請兩位準備些行李，嗯，換一換衣服，再到我這裡來，我們一齊到『水晶宮』去，可好麼？」

「好，聽憑吩咐，但是，『水晶宮』中的人是認識我們的，那豈不是要給那個長勝將軍看出苗頭來了麼？」林賽德遲疑地問。

「那不要緊，我可以先令胖子老闆傳令下去，叫『水晶宮』上下人等，全都裝成和你們是不相識的好了，多謝兩位合作。」

林氏兄弟告辭而去，四十分鐘後，他們又回來了，這一次，兩人的服裝都整齊得多了，西裝筆挺，看來儼然紳士。

一行四人，雇了一輛華麗的房車，直赴「水晶宮」。

木蘭花自然也打扮得珠光寶氣，她年輕、美麗，再加上她自然而然有一種懾人的神態，這時雍容華貴，簡直就如同公主一樣。

到了「水晶宮」，正好五點正。

胖子和瘦子領領了職員在恭迎，將木蘭花姐妹迎到四樓的一間華麗的套房，將林氏兄弟安置在木蘭花對面的房間。

在房間中，胖子低聲道：「那人出去了。」

「嗯，我先要搜他的房間，一發現他回來，你們立即打電話到他的房間來，好讓我及時離去，免得遭他的疑心。」

「是，這是他房間的鑰匙。」

胖子將鑰匙交給木蘭花，便退了出去。

木蘭花將盛裝卸下，換上便裝，她和穆秀珍一起出了自己的房間，逕自以鑰匙打開了隔壁的那間房間。

別看穆秀珍平時做事十分粗心，但是進行搜索的時候，她和受過最佳訓練的間諜人員相比，絲毫也不遜色。

然而，搜查了約莫半個小時左右，她們卻一無所獲。

她們只找到大量的現款，約有兩萬英鎊，這可能便是那人今晚的賭本，而他昨晚所贏的錢，當然已全部存進銀行去了。

還有，便是知道了那人是一個十分注意修飾的人，他的一切衣物，全是最考究的，是法國一家最著名裁縫店的製品。

而且，這個人還擁有一切男用的化妝品，在一些文件上，木蘭花還知道了這個男子叫馮樂安——那是一個德國人的名字，而且看來，他似乎還是德國的貴族。

木蘭花也找到了那人的相片，那人有一張長方形的臉，約莫四十歲左右，修飾得十分好，左眼上卻嵌著一片單片的眼鏡鏡片，鏡片上掛著一條白金鍊子，鍊子的一端，還有一塊碧綠的翡翠。

那張照片的背景，木蘭花認得出是法國的渡假聖地，里維拉海灘。

那種單眼鏡片，在十九世紀的時候十分流行，但如今幾乎已沒有人使用它了，只有在第二次世界大戰時，有幾個納粹德國將領為了表示自己的貴族身分，還在裝模作樣地使用這種鏡片，而那個常勝的賭徒，居然也使用這種鏡片！

半小時後，木蘭花和穆秀珍兩人幾乎已搜遍了一切，也沒有發現什麼可疑之點，似乎他的贏錢，全然是因為「運氣」！

但是木蘭花卻絕不肯相信，「運氣」這件不可捉摸的東西，居然能夠在一個人的身邊徘徊不去，逗留那麼久的時間。

林氏兄弟說得好，運氣來了，賭客便不想走！運氣走了，賭客更不肯走；所以，開賭場是一定賺錢的，卻又偏偏有那麼多人願意去送錢給人家！

而這個馮樂安，似乎是打破這個定律了，他連接五晚從賭場中取走了大量的錢，看來他今晚還準備再接再厲！

她們在電話鈴突然響起來的時候，退出了馮樂安的房間，來到自己的房間中，木蘭花以一個特製的折光窺視鏡，嵌在房門的氣窗上，注意著走廊中的動靜。

不一會，看到一個身材高大的德國男子，從電梯中走了出來，緩步走向木蘭花曾經搜索過的那間房間，在房門口站定，取鑰匙開門。

他就是馮樂安。

他看來十分強壯，他的左眼上，正嵌著一塊眼鏡鏡片，彷彿他一刻也離不開那塊鏡片一樣。

當然，在木蘭花窺視他的同時，一具暗裝在他房間對面的攝影機，也將他的動態完全攝了進去，以供研究。

在他的房間中，也有三具暗置的攝影機，是用無線電遠端控制的，只要他一回房，便立時開始拍攝，將他的一舉一動完全記錄下來。

木蘭花坐在柔軟的沙發上沉思著。穆秀珍覺得十分氣悶，卻又不敢出聲，只是來回踱著步。林氏弟兄則在賭大小的賭檯前試他們的「運氣」。

但他們的「運氣」顯然不好。

他們也知道，要連贏六次，並不是絕對不可能，而令他們不服氣的，則是當那個人第六次以三十二萬英鎊的巨額籌碼，移到「大」字上面時，似乎肯定他可以贏的一樣，那便是一件怪事了，若不是昨晚賭檯臨時宣布「暫停」，只怕他還可以一直贏下去，直到「水晶宮」的股東全部破產為止。

林氏兄弟向木蘭花報告，他們並未發現賭檯上有什麼不妥的時候，有些垂頭喪氣，因為兩人都輸了不少，自然有些沒精打采。

晚上八時，在大廳中進食豐盛的晚餐，幾乎沒有人不向木蘭花投以羨慕的眼光，幾個國際知名的花花公子向木蘭花大獻殷勤，木蘭花只是微笑以對。

即使在進晚餐時，木蘭花的注意力也放在馮樂安的身上，因為馮樂安就在離她三張餐桌處，一個人在據案大嚼。

放在他面前的一隻龍蝦，正一吋一吋地塞進他的口中去，而他是如此專心一致地在吃著，似乎在吃的時候絕不想第二件事。

大餐廳的四壁，便是「水晶宮」這個名稱的來源，透過玻璃，和經過特殊處理，因之看來格外明澈的海水中，有著各種各樣珍奇的魚類，看得穆秀珍大為開心。

八時四十分，木蘭花已經用完了餐，馮樂安也已放下了刀叉，當穆秀珍和林氏兄弟兩人以前呼後擁之勢將木蘭花擁出餐廳之際，馮樂安才冷冷地抬起頭來，向木蘭花望了一眼。

木蘭花是一直在注意著他的，這時，只見他眼中的神色冷漠而堅硬。但是或許是因為燈光的反光，他左眼的鏡片反射出一片亮光來，以致他整個左眼竟完全被那片亮光所遮沒了。

木蘭花的視線立即移了開去，在萬人矚目之下走向賭場。

木蘭花先在輪盤檯前玩了一會兒，她的運氣並不好。到了九點欠五分，她站起身來，到了賭「大小」的檯前。

賭場中是東西方各式賭俱全的，用骰子來賭大、小點數，這本來是中國人的玩意兒，但一個外國人居然會喜歡，而且常勝，這便十分令人奇怪了。

木蘭花和穆秀珍在檯子正中坐了下來，林氏兄弟在她們的背後，她們出手十分豪闊，早已吸引了不少人圍檯旁觀。

然後，馮樂安來了。

馮樂安慢慢地踱向賭檯，圍在檯子旁邊的人便一齊閃了開來。馮樂安來到檯邊，在木蘭花的身邊坐了下來。

馮樂安才一出現，一股極其緊張的氣氛便籠罩整個賭場，連其他幾檯賭客的注意力也全被吸引了過來了，幾乎每一個人都在向這張檯子指指點點，竊竊私語，胖子老闆也從人叢中擠了過來，代替原來搖骰的「荷官」。

馮樂安坐了下來，將一大疊籌碼放在他的面前。

木蘭花轉過頭，向他禮貌地一笑，馮樂安略欠了欠身子，表示答禮，他的左眼上仍然鑲著那塊玻璃鏡片。

「先生，」木蘭花裝著非常有興趣地問：「你便是一定可以贏的那位先生麼？」

「那只不過是運氣。」馮樂安淡然地說：「而且，我贏得再多，只怕也不值小姐一笑的，是不是？」

木蘭花嬌柔地笑了一下，道：「你太客氣了，這次我買小，先生，你呢？」

木蘭花一面說，一面將一疊籌碼推到了小的一邊。

馮樂安並不回答。

胖子捧住了骰碗，略搖了一下便放了下來，怪聲怪氣地叫著，突然之間，馮樂安以極快的手法將籌碼推到「大」的這方面。

還沒有揭開盅來，胖子已經面上變色了，木蘭花立即知道，馮樂安贏了。

胖子是第一流的賭徒，會「聽骰」，他早已知道自己搖定的骰盅內，三粒骰子的點數是「大」，所以才會面上變色的。

馮樂安贏了，他的籌碼增加了一倍。

木蘭花又向他笑了一下，道：「你果然贏了！」

馮樂安卻仍然只是冷冷地道：「運氣罷了。」

「林先生，」木蘭花轉過頭去，「去買十萬鎊籌碼來，我專和這位先生賭相反的，看看運氣是不是老在他這一邊。」

「是，」林氏兄弟躬身而退，不一會，便帶著一大疊籌碼回來了。

馮樂安每次下注，幾乎總是在揭盅之前的最後一秒鐘，所以儘管有人想跟著他下注，也在所不能，但木蘭花的動作卻十分敏捷，她總還能趕得上落在馮樂安相反的地方，但是她輸了一次又　次，已經連輸了四次之多了。

也就是說，馮樂安連贏四次了。

木蘭花回頭看去，林氏兄弟在暗自搖頭。胖子老闆額上的汗，流得像小河一樣！

木蘭花十分注意馮樂安的行動，她自然也注意到，馮樂安上場的時候，他的籌碼約值兩萬英鎊，而他每一次贏了之後，下一次再下注時，總是將面前所有的籌碼全都推出去，兩萬英磅的籌碼已翻倍了四次，那是幾何級數，如今應該是多少了？

木蘭花就在馮樂安的身邊，可以說，馮樂安任何微小的動作都逃不過她的注意，但到如今為止，她也只能說，那是馮樂安的運氣好！

她看到胖子老闆像是將溺的人一樣，用求助的目光望著她，她也只好抱歉地對他笑笑。

不但是木蘭花，連站在木蘭花背後的林氏兄弟，也以賭場老手的資格在嚴密地監視著馮樂安，可是他們也沒有看出什麼異樣來。

馮樂安的「好運氣」，令得穆秀珍發呆，穆秀珍幾乎是一眨不眨地盯著馮樂安，她這樣做，當然是十分不禮貌的，但是她心中實在太驚奇了，所以也顧不得那麼多了。

她望著馮樂安，卻看出一點蹊蹺來了。

蹊蹺是在馮樂安的左眼上，他那隻嵌著鏡片的左眼，時時閃耀出一種極其神秘的光彩來，令得注視著他的穆秀珍覺得一陣目眩。

而發自他眼中的那陣奇異閃光，卻總是在他下注的時候出現，這可以說是他有勝利的預感，但也可以說是一件古怪的事情。

穆秀珍以肘部輕輕地碰了碰木蘭花，低聲道：「蘭花姐，你看到他的左眼沒有？他的左眼，好像不是人的眼睛！」

木蘭花也注意到馮樂安的左眼十分有異了，但由於賭檯上的燈光十分強烈，所以離得馮樂安十分近的木蘭花，反倒因為鏡片上的反光，而看不到他眼中的神情。

「你發現了什麼？」木蘭花忙問。

「好像……好像那是一隻妖怪的眼睛……」穆秀珍連忙更正道：「不，我的意思是說，這人的眼睛，像是一隻假眼。」

一隻假眼！

木蘭花的心中陡地一動，這是十分可能的事，所以他才用這種過時的鏡片來掩飾他的這隻假眼。

然而，一個人就算有了一隻假眼，他在賭場中所贏得的錢仍是合法的，而且絕對不用納稅，他左眼是真是假，似乎與事情無關！

這時候，胖子老闆的聲音又咄了，他搖好了盅，放下來，等候賭客下注，可是這次，在最後的一秒，馮樂安仍不下注。

木蘭花轉過頭去看他，他只是掛著冷漠的微笑。

等到搖開盅來時，三個六，三隻骰子全是六點，這是統吃的。統吃，他便不下注，他不是等於可以看穿骰盅一樣麼？

木蘭花心中吃了一驚，她又向他一笑，道：「先生，你像是事先可以看到一樣！」

「當然我是看不到的，」馮樂安開了口：「要不然，我可以打點子，一賠一百五十，你想想，這家賭場是誰的了？」

木蘭花無話可說，只得以她十分動人的微笑來掩飾她心中的迷惑。說他可以看穿骰盅吧，他大可以打點子，將籌碼押在「十八」點上，那麼，他面前的籌碼再翻上一百五十倍，是多少？但如果說他看不穿骰盅的話，他為什麼不下注呢？他何以知道這一注無論是打大打小，總是輸的呢？

胖子又在搖盅了，馮樂安的神態又恢復冷漠。

木蘭花的心中迅速地轉著念，心想：這個人如果是東方某一種神秘宗教的信徒，憑他過人的意志能夠預感某些事，這倒是最可能的一個解釋，但這種事究竟是十分無稽的，然而如今也沒有更好的解釋，不如先打亂他的思緒來試試看。

木蘭花向左偏頭，對穆秀珍使了一個眼色。

穆秀珍立即會意，她站了起來，那時候，恰好是馮樂安又將面前籌碼一齊向前推出的時候，穆秀珍突然「啊呀」一聲尖叫，身子向旁一側，撞在木蘭花的身上，木蘭花也突然一側，撞在馮樂安的身子上。

馮樂安陡地一呆，他左眼上的玻璃鏡片落了下來。

在那一瞬間，木蘭花看到了他左眼的眼珠，那是一種可怕的鐵青色，而且是不動的，那絕對是一隻假眼。

馮樂安停了一停，才將籌碼向前推去，推在「小」上面，胖子立即揭盅，開出來的則是「大」，收籌碼的職員將一大堆籌碼一齊收了過去。

馮樂安欠了欠身子，他輸了！

「對不起，先生，我的秘書太魯莽了。」木蘭花向馮樂安道歉，「我碰了你一下，可是害你看不準，因而輸了錢麼？」

後一句話，是木蘭花特地說的。木蘭花暗示穆秀珍撞她，她再撞在馮樂安的身上之際，木蘭花也未料那一定有用，然而結果卻正合她的意思。

她想知道馮樂安的輸錢，是不是真的因為自己這一撞，是以才特意這樣問的，她要看看馮樂安的反應究竟如何。

馮樂安立即嵌好了鏡片，他的面色微微變了一下，然而立時恢復那種冷漠的神態，乾笑了兩下，道：「賭錢總是有輸贏的。」

「你不是從來也未曾輸過麼？」木蘭花再問。

「我現在不是輸了麼？」他推開椅子，站了起來。

「噢，你不玩了？」木蘭花問他。

「不玩了！」馮樂安的回答十分有禮，他轉過身，向外走去，木蘭花自然不便立即去跟蹤，只得仍坐在賭檯旁邊。

胖子老闆這時嗓門也大了，汗也不流了，似乎剎那之間便神氣了不知多少。

又過了半小時，木蘭花才離開賭場。

從侍者的口中，她知道馮樂安已回到了房中，木蘭花將幾個極其靈敏的偷聽器貼在牆上，這樣，她便可以偷聽到鄰室任何輕微的聲音了。

她聽到有人在走來走去，當然那是馮樂安在踱步。

過了好一會，她又聽到一陣極其輕微的金屬碰擊聲，那本是不足為奇的，一個人取剃刀的時候，便會有這種聲音發出。

然而，和那種聲音的同時，卻又有一種「答答」聲傳了過來，這聲音還要低，低得幾乎分辨不出，像是電流時斷時續所發出的聲音，又像是電報聲。

木蘭花的心中奇到了極點，她決定要去看個究竟，她換上緊身衣，來到了陽臺上，她的陽臺和鄰室馮樂安的陽臺相距十呎。

木蘭花迅速而準確地拋出繩索，索端的鉤子鉤住那邊的陽臺，她人向下盪去，然後迅疾無比地爬上了鄰室的陽臺。

落地玻璃門被厚厚的絲絨窗簾遮著，木蘭花用百合鑰匙輕輕地開了大門，拉開了兩吋左右，她便伸手進去，將窗簾撥開一道縫。

窗簾幾乎沒有怎麼動，木蘭花自料，若不是室中的人正注視著窗簾的話，那是絕不可能覺察到那麼微妙的變化的。

她用一隻眼睛向裡面看去。

她看到了馮樂安，然而，當她看到馮樂安之後，她不禁苦笑了起來。馮樂安是在吃東西，金屬碰擊聲便是刀叉的相碰聲。

而那種令得她心中疑惑的「得得」聲，則是他咀嚼時所發出來的聲音，木蘭花呆了片刻，拉起一塊黑布，遮住了自己的臉。

同時，她取出了一柄小巧的手槍握在手中。

在她看不出馮樂安有什麼異樣之後，她已經另外有了決定，她要威脅馮樂安，逼他講出逢賭必贏的秘密來，而且使他不要再賭下去。

她左手輕輕一拉，將門拉了開來，一掀窗簾，人已進了屋中，馮樂安正叉起一塊牛排，準備送入口中，一看見她，便陡地一呆。

然而，馮樂安卻只呆了極短的時間，他立即將那塊牛排送入了口中，道：

「小姐，你果然來了，我卻未曾料到那麼快，請坐。」

他那種出奇鎮定的聲音，令木蘭花怔了一怔，她在馮樂安的對面坐了下來，放粗了聲音，道：「沒有我的吩咐，你不可妄動。」

「嘿嘿，」馮樂安笑著，道：「小姐，你的聲音本來十分好聽，你何必去掩飾它？如果我沒有弄錯的話，你就是坐在我身邊的美麗小姐了，為什麼要用一塊黑布將你美麗的臉容遮起來呢？那不是太可惜一點了麼，是不是？」

木蘭花手中是持著手槍的，馮樂安不應該看不到，然而他卻像是根本未曾將之放在心上，一直調侃著木蘭花！

當他立即說出木蘭花是誰的時候，木蘭花的心中已經在暗暗吃驚了，這時她只能道：「這是我的習慣，請你別見怪。」

「喔，原來如此。」馮樂安又吞下了一塊牛排，道：「我還沒有贏夠，賭場就派出你這樣的人來，這不是太過分些了麼？這裡號稱是遠東最大的賭博場所，難道就不怕這樣的事傳了出去，有損它的聲譽麼？」

「你什麼都猜對了，」木蘭花冷靜地道：「但是這一點卻猜錯了，我和賭場可以說是完全沒有關係的，你別誤會。」

「哈哈哈哈！」馮樂安突然大笑了起來。

木蘭花全神戒備著，但馮樂安卻又沒有別的什麼動作，他笑了片刻才道：「那麼，搖骰的胖子為什麼那樣地望著你？而你又使我輸了一次錢？」

「糟糕！」木蘭花心中暗暗地道：「這個人似乎什麼都早已知道了，看來自己是萬萬瞞不過他的了，怎麼辦，是不是和他攤牌呢？」

木蘭花尚在沉思著，馮樂安已然道：「小姐，我是賭徒，和賭徒作虛偽的語言是最沒有用的，小姐，你想要怎樣？」

「好，我佩服你的爽直。」木蘭花拉下了蒙面的黑布，挺了挺身子，道：「你已經贏了不少，應該可以歇手不再賭了。」

「小姐，世上有嫌錢多的人麼？」

「你怎能可以肯定你一定贏？」

「小姐，這是我個人的秘密。」

「那你是不肯歇手了？」

「小姐，『水晶宮』不是在全世界的報紙上刊登廣告，歡迎遊客前來一試運氣麼？」馮樂安詞鋒咄咄，十分逼人。

「可是，先生，你不全是靠運氣吧。」

「正如我剛才所說，這是我個人的秘密。」馮樂安放下了刀叉，拉下了餐巾，抬起頭來，道：「而且，你別試圖來揭穿這秘密，雖然你是鼎鼎大名的木蘭花小姐！」

馮樂安講出了最後一句話之際，木蘭花的身子突然站了起來。馮樂安像是一個惡作劇成功了的人一樣，猛地笑了起來。

木蘭花覺得自己進了這間房間之後，一直處在下風，這時，更幾乎要難以反擊了。

她站立著，好半晌不說話，因為她不明白馮樂安是何以明白她身分的。

「我是一個賭徒，」馮樂安重覆著，道：「小姐，你是一個什麼呢？我難以形容，我們之間可以說和一句中國成語十分相似：河水不犯井水，對不？」

木蘭花吸了一口氣，道：「你說得不錯，然而我要請你離開本市，因為你如果肯離開，本布的貧民將會得到十間免費的診所。」

「等我贏夠了，我自然會離開的，小姐，如今我也要下逐客令了，我要請你離開，並且別再管我的事情——否則你會後悔的。」

木蘭花覺得十分狼狽，可以說，她從來也未曾這樣狼狽過。

本來，她就是不願意管這件事的，因為阻止人家贏錢，那是站不住腳的，而木蘭花是絕不作沒有道理的事情的，只不過是為了十家診所，木蘭花才勉強答應下來的，而且當時她認定那人一定是在作弊，用作弊的方法來贏錢，那是犯法的。

然而此際，她卻一點也查不到對方是用什麼作弊方法來贏錢的，如果說他有一種預感，可以知道骰子是開大還是開小，那當然不算是作弊。

所以，木蘭花此際根本是「師出無名」！

所以，她感到狼狽，只好退卻了。

木蘭花苦笑了一下，只得道：「好，我要離去了，但，先生，你絕不是憑運氣在贏錢的，你是在作弊，我不妨告訴你，你作弊的方法，我還不知道，但是我一定可以知道的，到那時候，你便連已經贏到的錢也不能屬於你的了！」

馮樂安靜靜地聽著，他的臉上現出了一種十分凶狠的神情來，狠狠地道：「是麼？請你快些離開我的房間，快些！」

馮樂安伸手直指著通向陽臺的玻璃門。

木蘭花也毫不客氣地逼視著他，但是身子則一步一步地向後退去，退出了房間，馮樂安一直在步步進逼，逼到了陽臺上。

窗簾隔絕了房間的燈光，陽臺上十分黑暗，木蘭花一直退到了陽臺的欄杆旁，馮樂安則站在門口，仍然望著木蘭花。

木蘭花正準備拉起飛索之際，只見馮樂安的左眼透過那塊鏡片，突然射出一股極其灼亮的光芒來，那光芒是如此之強烈，以致令得木蘭花在剎那之間，除了那一股強光之外，什麼都看不到。

而她的頭部，也覺得一陣莫名的昏眩。

木蘭花只覺得剎那之間彷彿連天地都轉動了起來，她看不到馮樂安，看不到一切，只覺得頭重腳輕，身子在向下倒去，她用力地抓住欄杆，終於一鬆手，跌下了陽臺去！

3 逢賭必贏

當木蘭花由陽臺攀向鄰室去的時候，穆秀珍並不在房中，她在對面的房間中，看林氏兄弟用魔術手法表演紙牌的作弊法。

林氏兄弟手法之巧妙，令得穆秀珍嘆為觀止！

他們兩人幾乎隨心所欲，可以在一副牌中發到任何他們所需要的牌，穆秀珍一面留心看著，一面想學他們的手法。

在她興高采烈的時候，突然聽到了酒店內外都傳來騷動，穆秀珍推開房門，只見走廊中有人在慌張地走來走去。

穆秀珍隨便攔住一個人問道：「什麼事？」

「有人跳樓了，從四樓跳下去的。」那個人回答。

「他是什麼人？」

「不知道。」

「哼！」秀珍咕噥著：「多半是輸光了而又沒有本錢翻本的人，賭真是害人，何況還有林氏兄弟這樣的賭棍在！」

林賽德和林賽保兩人恰好在她的身後，聽到了穆秀珍的話十分尷尬，忙道：「穆小姐，我們在賭檯上是不出花樣的。」

穆秀珍瞪著眼，道：「誰說的？」

林氏兄弟還待再分辯時，只見胖子老闆氣呼呼地走了過來，一面走一面叫道：「穆小姐，不好了！」

「呸！」穆秀珍隔著老遠就啐了他一口，道：「什麼穆小姐不好了，你不好了才真！」

胖子也不及分辯，急匆匆地來到穆秀珍和林氏兄弟的面前，他的面色變得如此之難看，肥肉上下抖動著，結結巴巴道：「木蘭花……木蘭花小姐，她……她從四樓的陽臺跳了下來……」

胖子講到這，眼睛翻白，幾乎講不下去。

穆秀珍聽了，也不禁為之一呆。她還未曾想到可怕的方面去，只是心中暗忖：蘭花姐從四樓那麼高跳下去，是為什麼呢？

她瞪著眼，道：「那又值得什麼大驚小怪呢？」

「唉，小姐，她受了重傷，正昏迷不……」

胖子下面的一個「醒」字還未曾講出來，穆秀珍已恍若捱了一個晴天霹靂一樣，怪聲叫道：「你……你……在說些什麼？」

「她受重傷了！」

「蘭花姐！」穆秀珍怪叫著，向前直奔，她奔到電梯門口，疾拍電梯門，電梯正在使用中，她仍然怪聲叫著，沿著樓梯飛奔了下去。

等到她奔到樓下，看到躺在地上血泊中的木蘭花時，她早已連聲音都啞了。

一個酒店中的醫生，正蹲在木蘭花的身邊。

穆秀珍推開了阻在面前的人，一直來到木蘭花的前面，木蘭花的上半身幾乎是浸在血中，她的身子蜷曲著，一動也不動，她的身上穿著夜行衣，酒店的醫生正在握著木蘭花的手腕，十分嚴肅地看著腕上的手錶，在數著木蘭花的脈搏。

穆秀珍衝向前去，一伸手，便將那醫生推得仰天跌了一跤，那醫生翻了翻身子，莫名其妙地站了起來，不知如何才好。

穆秀珍大聲怪叫道：「救護車怎麼還不來，救護車呢？蘭花姐，蘭花姐，你怎麼了，你為什麼一動也不動了？」

她正待將木蘭花扶起來時，尖銳的聲音衝到了近前，那是救護車到了，從車上躍下的救護人員，立即將木蘭花抬上了擔架。

穆秀珍這才看到木蘭花的臉，木蘭花的臉上全是血漬，穆秀珍只覺得一顆心陡地向下一沉，眼前一陣發黑，幾乎昏了過去！

她耳際只覺得有人在問：「跳樓的是誰？」

穆秀珍立時尖聲地叫道：「是我的姐姐！」

她突然覺得面前多了一個人，那人的身形十分魁梧，像是一個警官，她仍是一面流淚，一面道：「那是我蘭花姐！」

發問的正是一個警官，吃驚地道：「你……你不是女黑俠穆秀珍麼？你……怎麼會在這裡，受傷的是什麼人？」

「是蘭花姐！」

那警官更吃了一驚，忙道：「穆小姐，你快進救護車去，看來蘭花小姐的傷勢很重，我們快將她送到醫院中去再說。」

那警官扶著幾乎要昏了過去的穆秀珍上了救護車，穆秀珍伏在擔架床側，哭道：「蘭花姐，蘭花姐，你怎麼會掉下來的？」

救護車又發出尖銳的呼叫聲，迅速的馳遠了。

當下面處在極度的紛擾之中的時候，酒店每一層樓的陽臺上，都有人在向下看著，所有注視著下面的人，臉上都現出十分驚愕的神色。

但是卻有一個例外。

那便是在四樓，從窗簾縫中向下注視的馮樂安，他的臉上絕無驚愕的神色，只帶著一絲陰險的微笑，表示他心中的得意。

林氏兄弟在救護車赴醫院途中，已經跳上了一輛汽車，直向高翔的住所馳去，將木蘭花所發生的意外，向高翔去作報告了。

在救護車中，穆秀珍一直守在擔架床旁邊，木蘭花的整個身子都被一塊白布覆蓋著，穆秀珍在哭了片刻之後，慢慢地揭開了白布。

她是想看一看，木蘭花究竟傷到什麼程度，可是，當她揭開白布之後，她不禁呆住了。

木蘭花的臉上仍然滿是血污，可是她卻一隻眼開，一隻眼閉，正在向穆秀珍做著怪臉，穆秀珍「啊」地一聲，又將白布蓋了上去。

在車中的警官和醫生倒給穆秀珍嚇了一跳，連聲道：「怎麼樣了，她……」

「沒有什麼，沒有什麼。」穆秀珍連忙聲明。

同時，她的雙眼中雖然還帶著眼淚，但是她卻忍不住要從心底笑出來。

她是個性格豪爽，絕無城府的人，心中想笑，臉上便自然而然有笑容了。

那醫生和警官心中又自駭然，不知道她一會哭，一會笑，究竟是什麼意思，都望定了她，一聲也不敢出，唯恐她有什麼異常的舉動。

而穆秀珍果然有不尋常的舉動了，她忽然雙手揮動起來，道：「真好，真好！」一面講，一面更是「哈哈」大笑起來。

「小姐，」那醫生忍不住道：「你不必太傷心了，傷者流血雖多，但是未必會有生命危險，你這樣子受刺激，卻不是好現象！」

「哈哈哈！」穆秀珍聽了這幾句話，笑得更大聲了。

因為她這時已經知道，木蘭花只不過受了一些輕傷，甚至於根本未曾受傷，她身上那紅色的液汁也不是血，而是她們經常帶在身邊，和鮮血一樣顏色的紅色液汁，準備必要時冒充中槍，來誘使敵人上當的，想不到木蘭花倒用上了。

如果不是剛才木蘭花向穆秀珍睞了睞眼的話，穆秀珍是斷然想不到這一點的，因為木蘭花假裝受傷，是裝得如此似模似樣！

她這時並不知道木蘭花是怎麼會從四樓躍下來的，也不知道木蘭花為什麼要裝成受了重傷，她也不及去理會那些，只要木蘭花不是真的受傷，她便是世上最快樂的人了。

她有時雖然會和木蘭花嘔一下氣，但是她們姐妹倆的感情卻是極好的。如果木蘭花真的受了傷的話，那她一定要傷心死了。

當木蘭花退到陽臺的欄杆邊上，突然頭重腳輕向下跌去的時候，她只覺得一陣異樣的頭眩，根本沒有法子控制自己。

但是，當她跌到了二樓的時候，被二樓窗口的一個帆布篷阻了一阻，人撞在帆布篷上，又向上彈了起來，繼續向下跌去。

在那一瞬間，她完全清醒了。

也在那十分之一秒，或者比十分之一秒更短的時間內，她有了決定，她要裝得跌成重傷，好讓馮樂安以為已失去了一個勁敵！

馮樂安的人並沒有接近她，她自己是如何會在剎那之間失去平衡，感到一陣頭昏而跌下來的，她這時也完全不知道。

而木蘭花也不及去想那些，她如今最主要的措施，是如何跌在地上而不致受傷。

一個人從四樓高跌下來（五十呎）而可以不受傷，那似乎是沒有可能的。

但木蘭花卻幸運地在二十五呎處，在帆布篷上撞了一下，所以實際上，她等於是從二十五呎處的半空中跌下去的。照木蘭花的體重，再根據加速公式來計算，木蘭花撞擊地面的力量，大約是三百三十磅左右。

普通人如果以這樣大的力量撞在硬地之上，那自然不免骨折筋裂，身受重傷了，但是木蘭花卻是柔道中的一等一的高手。

練過柔道的人都知道，柔道的入門功夫，便是學如何跌跤，學如何在被對方摔倒之際，巧妙地跌倒，以保護自己，即使被對方摔倒了也不受傷。

「跌倒」是柔道中十分深的學問，木蘭花既然是柔道的高手，當然是在這方面有著極深造詣的。而在柔道比試之際，對方如果也是高手的話，那麼被一個柔道高手用「大摔法」摔下去的力道，是絕對有機會超過三百三十磅以上的！

木蘭花可以在高級柔道比賽中被人摔倒而不受傷，這時當然也可以不受傷，她身子蜷屈著，才一著地，便立即輕輕一滾，將力道卸去了一大半，然後她用力一擠，將脅下一個膠囊擠破，紅色的液汁立時流了出來，她再躺著不動。

那樣，即使是在近前，看來也像是她躺在血泊中了！

救護車到醫院時，高翔和林氏兄弟也趕到了。

木蘭花被立即送到急救室中，一進了急救室，木蘭花便掀開白布坐了起來，將幾個接到通知準備施行急救的醫生，驚得目瞪口呆！

「各位！」木蘭花抱歉地笑了笑，「對不起得很，我不得不這樣做，驚擾了你們。」

「噓——」高翔大大地透了口氣：「蘭花，林氏兄弟說你跳樓自殺了，我想來想去，你為什麼會自殺呢，原來你沒有事。」

「我這一次沒有事，」木蘭花正色道：「下一次，可能難免。」

「這是什麼意思？」高翔和穆秀珍齊聲問。

木蘭花站了起來，在洗手盆前洗去了臉上的「血污」後，才轉過身來，首先向林氏兄弟道：「兩位可以先回去了。」

林氏兄弟道：「那個怪人……」

「我會設法對付他的。」木蘭花肯定地回答。

高翔還不知道什麼「怪客」不「怪客」的事，他立即問道：「又有什麼新的事件了，你們提到的那個怪客，是什麼樣人？」

木蘭花向穆秀珍一呶嘴，道：「你問她好了，我立即就要離去，秀珍，你也別再到『水晶宮』去了，你和高翔兩人隨時等我的消息，我看這件事十分不尋常，你們兩人千萬不要亂來，我自有安排。」

木蘭花一面說，一面便向外走去。

她到了門旁，穆秀珍才急問道：「蘭花姐，你到什麼地方去？我是回家去，還是和高翔一起到警局去等候你的消息?」

「你……」木蘭花只講了一個字，突然退了回來，將門關上，向病床上一跳，躺了下去，拉起一張白床單將自己蓋上。

穆秀珍和高翔還未曾明白發生了怎麼一回事之際，已經聽得門外傳來了醫生的聲音，道：「重傷的病人，醫生是拒絕探訪的。」

接著，便是一個十分冷峻的聲音，道：「我和木蘭花小姐是好朋友，聽到她墜樓重傷的消息，十分難過，我想看看她。」

「你看她也沒有用，她還在昏迷中。」

「那我只好等她清醒之後再來了。」那冷峻的聲音說著，接著，便是一陣腳步聲向外傳了開去。

木蘭花將門打開一道縫，高翔和穆秀珍也一齊湊在門縫中看去，只見一個高大的男子，正大踏步地沿著醫院走廊向外走去。

「就是他，那怪客就是他，」穆秀珍立即向高翔說。

「哼，想不到他竟然還敢找上醫院來!」

「蘭花，可是他推你下來的麼?」高翔憤然地問。看他的樣子，像是恨不得立時衝了出去，將那人打上一頓來出氣。

「不是，」木蘭花搖頭道：「不是他推我下去的，他來了之後，當然已證實我是受了重傷了，那樣對我更有利些。秀珍，你回家去好了，要小心一些，不要妄動，記得我的話了麼？」

穆秀珍是最好動的人，她最生氣的便是木蘭花叫她「不要妄動」，但在如今這樣的情形之下，木蘭花的話，她也不敢不聽。

木蘭花將門開得大了些，又向外張望了片刻，才迅速地向外走去，轉眼之間，便轉過走廊，看不見了。

她究竟要到什麼地方去，穆秀珍和高翔兩人也不知道。

木蘭花走了之後，高翔立即向穆秀珍詢問有關那個怪客的一切，穆秀珍便就自己所知，將那怪客的一切講給了高翔聽。

高翔聽完之後，「哈哈」大笑了起來，道：「有這樣的事？那誰都去賭錢好了，我可不信。」他一面說，一面還大搖其頭。

「你不信就算了！」穆秀珍賭氣轉身就走。

「秀珍！」高翔連忙叫：「你等一等，我有一個計畫，我想可以揭穿那個怪客逢賭必贏的秘密，你可參加麼？」

穆秀珍賭氣走了，如果高翔去求她回來的話，那麼她一定是不肯回來的，但是高翔卻說是有一個行動計畫，問她有沒有興趣參加，這句話可以說是直說進了穆秀珍的心坎之中，她停了下來，面上的怒容也消失了，轉身回來，問：「什麼計畫？」

「我想，」高翔笑道：「那傢伙一定自以為解決了蘭花，更加可以明目張膽了，我和你今天晚上去『水晶宮』，看他如何逢賭必勝！」

穆秀珍一聽得高翔這樣說法，正中下懷，一時之間，將木蘭花告訴她，要她遵守的話，全都拋到了腦後，跳了起來，道：「好哇，這就去！」

「那麼早幹什麼？賭場還未曾開門呢，而且，你也要化裝一番，我看你扮成男人好了。」高翔打趣地望著穆秀珍笑。

「男人就男人，你看不像麼？」她一面說，一面大踏步地向前走了兩步，昂首擺手，儼然是一個男子漢大丈夫的模樣！

「行了！行了！」高翔笑得打跌，「你跟我回警局去吧！」

兩人一齊走了出去，高翔又以警務人員的身分，吩咐醫院方面合作，若是有人來問起木蘭花的話，一律回答詢問的人，說是木蘭花傷重昏迷，一直未曾清醒過，不能見人。

醫院方面自然答應，高翔和穆秀珍兩人便離開醫院，來到了警局，高翔便替穆秀珍進行化裝，化好了裝，穆秀珍倒頭便睡，高翔則著手調查那個怪客的一切。

他很快就知道那個怪客的名字叫馮樂安，是用瑞士護照來到本市的。但是這個馮樂安卻是德國人，他的職業是在德國東部的一家電子工廠中的工程師。

一瞭解到馮樂安是從德國東部來的，高翔便意識到事情真的不簡單了。誰都知道，世界兩大陣營明爭暗鬥的激烈，德國東部正是鐵幕內訓練特工人員的地方！

馮樂安究竟是一個什麼樣身分的人呢？

高翔暫時想不出來，因為他所掌握的資料十分少，而他來到本市，又是持瑞士護照來的，身分是遊客，似乎也不便過分地干涉他。

高翔又向賭場中的人瞭解了一下他逢賭必贏的情形，大致上和穆秀珍所講的差不多，而最使高翔感到興趣的是，連日來，馮樂安在「水晶宮」中所贏到的錢，數字已不少了，他都通過一家銀行，匯到了一個離本市不遠的一個小鎮市中。

那個小鎮市，是本市的一個衛星城市，馮樂安為什麼要將這筆錢匯到那個小鎮市去呢？

高翔瞭解到，那筆錢還放在銀行中，沒有人去取，他派了一個人去和銀行商量，銀行方面已答應有人來取這筆款子的話，便暗示駐在銀行中的便衣人員去跟蹤那個人。

經過一天的調查，高翔的心中已約略有了一些概念，撇開逢賭必贏的這件奇事不說，他覺得這個馮樂安一定是具有特殊身分的人。

而他之所以在「水晶宮」賭場中贏了那麼多的錢，還不肯滿足，更不肯轉移場地，可知道一定極需要錢用，而他要這筆錢，又可能不是私人用途，而是另外有不可告人的用處的，至於是什麼用處，高翔相信一定可以查得出來的。

等到高翔略為整理出一點頭緒的時候，已經是傍晚時分了，已經不知被穆秀珍催了多少次，穆秀珍甚至聲言要一個人前去。

高翔之所以遲遲不走，是他還想等木蘭花的電話，可是這一天來，木蘭花不知到什麼地方去了，竟然一個電話也不來！

到了六點鐘，高翔和穆秀珍離開警局，高翔在唇上添了小鬍子，看來老氣了許多，但仍然十分英俊，瀟灑。

而穆秀珍穿了西裝，風度翩翩，玉樹臨風，誰也想不到那樣一個漂亮的少年，會是大名鼎鼎的兩位女黑俠之一的穆秀珍。

兩人到了「水晶宮」，並沒有人認得出他們來，高翔和預先在「水晶宮」的幾個幹探暗中打了一個招呼，便直趨餐廳。

穆秀珍東張西望地想找尋木蘭花，可是卻沒有結果。兩人坐了下來，一個侍者手臂上搭著雪白的餐巾，走了過來，遞上了菜單。

「去去！」穆秀珍不耐煩地揮著手，說：「隨便來一些什麼好了，別來吵我們，賭檯什麼時候才開？」

「賭檯是隨時等候客人下注的，先生，給你來一客芝士龍蝦，加上兩支紅椒，喝一杯櫻桃酒，先生認為怎麼樣？」侍者恭敬地提議。

當那侍者說到了「芝士龍蝦」時，穆秀珍已然一呆，那侍者越向下說，她越是瞪著眼望著那個侍者，心中說不出來的奇怪。因為那侍者所說的一切，正是她最喜歡吃的東西！

那侍者怎麼會知道她喜歡吃這幾樣東西的呢？穆秀珍實在不能不奇怪。

她瞪著那侍者，那侍者是一個中年人，樣子很滑稽，頭頂半禿，穆秀珍想來想去，想不出在什麼地方見過這樣的一個人來。

她只得點了點頭，道：「好！好！」

她講了兩個「好」字又側著頭問道：「你怎麼知道我喜歡吃那幾樣東西的？你以前見過我麼？」

可是那侍者並不回答，又去招呼高翔了。

穆秀珍心中納悶了一會，也就放了開去。

兩人吃完晚餐，到賭場中去轉了一轉，發現正在賭大小的檯子上，掛了一塊牌子，聲明自今晚起，「大小」檯的賭注是「限紅」的，限紅的數字並不大，這顯然是對付馮樂安的了。

高翔低聲道：「『水晶宮』也未免太小氣了，限紅的話，馮樂安一樣可以將賭場贏垮的，我相信他可以確實地知道將要開出來的點數，他打點數的話，賭場的賠率是多少，還不是一樣麼？」

「別去管它，反正我們有熱鬧可看！」

兩人坐了下來，小注小注地玩著，到了九點鐘，馮樂安搖而晃之地來了，他顯然早已知道有了「限紅」的事情，所以他面上帶著一種近乎冷嘲的微笑。

他以最大的限額來賭，一次又一次地贏著，而他這次下注，並不是在最後一剎那才將籌碼推過去，而是搖盅一停，他便將籌碼推了出去，由於他每賭必贏，每一個人都跟著他下注。

其他賭檯上的賭客看「大小」檯上有必贏的機會，如何還肯戀在其他的檯子上，都一窩蜂似地湧了過來。

在那樣的情形下，每一次的賭注雖然都是在「限紅」的數額之內，但是卻比馮樂安一個人下注的數字更要大得多。

整個賭場中都轟動了，所有的人都在「大小」檯子上擠著，高翔看到胖子老闆團團亂轉，額上青筋迸現，幾乎昏了過去。

高翔向穆秀珍使了一個眼色，從人叢中擠了出來，他剛擠出來，賭場中的電燈突然熄滅了，眼前變成了一片黑暗。

那一剎間，尖叫聲，呼嘯聲，怪叫聲，交織成一片混亂之極的聲音，彷彿是置身在地獄之中一樣，賭場中維持秩序的人，完全無能為力了。

高翔連忙三步併著兩步來到胖子老板的身邊，道：「怎麼一回事？怎麼斷電了，可是賭場方面故意在出花樣？快恢復燈光！」

高翔也不知道胖子是不是聽到了他的話，他只覺得胖子正向下倒去，似乎已經昏過去了！他立即發出了兩下尖厲的口哨聲。

那是召喚便衣探員的信號。

他一面發出口哨，一面大聲叫道：「靜一靜！我是警方人員，靜一靜，誰也不准喧嘩，誰也不准亂動，聽候警方人員吩咐！」

可是在百數人的喧鬧聲中，高翔的叫喚根本就沒有人注意，別看在「水晶宮」賭場中的人都是衣冠楚楚的「紳士」、「淑女」，但這時在混亂之中，他們所發出的聲音，可比同等數量的猴子還要驚人得多，高翔想朝天發槍，制止混亂，但是他又怕槍聲一響，更加混亂。

他正在不知如何是好的時候，忽然覺出有一個人擠到了他的身旁，握了握他的手。

在黑暗之中，高翔根本看不清那是什麼人，正待反手一掌向那人擊去之時，他耳畔陡地響起了木蘭花的聲音，道：「是我，快去注意賭場的庫房！」

「庫房在什麼地方？」高翔急忙問。這時候，他已來不及問木蘭花是從何而來的。

木蘭花只講了一句話，卻又擠了開去。

高翔無法可施，只得俯身將倒在地上的胖子扶了起來，硬向外拖出了幾步，在胖子的臉上重重地打了兩下。

胖子呻吟著醒了過來，高翔立即道：「我是警方人員，庫房在什麼地方，快些告訴我！」

那胖子呻吟了一聲，立時又昏了過去，高翔感到了那胖子的重壓，他重重地將胖子摔在地上，對著黑暗中的混亂一籌莫展。

大廳中的人這時開始向外擠來。

停了電之後，那些人如果只是呼叫，而不向外擠來的話，雖然混亂，但總還好些，可是這時候，這許多人一齊向外擠來，令得混亂的情形又加強了十倍！

高翔只覺得自己不由自主地被人推著，湧著，行動完全不由自主。

他知道木蘭花的警告不會是沒有理由的，一定有人趁機想打庫房的主意，他立即想起了籌碼換現錢的那個窗口，大量的現錢都是從這個窗口中遞出來的。那麼，庫房自然也在窗口之後了。

他憑著自己的記憶，向那個窗口擠去，就當他將要來到窗口附近的時候，有人在他的肩頭上重重地一拍，道：「你可是要找庫房麼？」

高翔猛地一怔，他聽出那冷峻的聲音十分耳熟，卻又記不起是在什麼地方聽到過，他連忙回過頭去，想反問那人：你是怎麼知道的？

然而，他才一回過頭去，那句話還未曾出口，便已經呆住了，大廳之中，沒有了燈光，是處在一片黑暗之中，可是，他回過頭去卻看到了那個人！

嚴格來說，他只看到了那個人的一張臉！

那人的左眼，透過一塊鏡片，發出一種異樣的光芒來，就是那種光芒，照亮了那人的臉，以致使那人的臉看來像是在黑暗之中突然浮出來的一張鬼臉一樣，雖然是在吵鬧之極的大廳之中，也使人生出陰暗可怖的感覺來。

高翔的心中突然想到：那人就是馮樂安！

可是他卻未能叫出那個名字來。

他只覺得在那種陰暗的、奇異的光芒照耀之下，他漸漸地天旋地轉起來。那種光芒本來是一種青森森的光芒，但後來竟轉變為眩目的彩色。

他想要掙扎著轉過頭去，不去看那種奇異的光芒，不和馮樂安那怪異的左眼相接觸，但是就在這時，他的頸際卻受到了一個強而有力的手掌的重重一擊！

就算沒有這一擊，只怕高翔也不能支持好久了，而這一擊下來，高翔只覺得滿天星斗，身子一軟，向下倒了下去。

在他倒下之際，他還在將昏未昏的情形之中，他只覺得有無數人向他的身上踏了過來，他只是本能地抱住了頭部。

緊接著，他就什麼都不知道了。

4 職業特務

當電燈剛黑的時候，穆秀珍還在注意著馮樂安的行動，突然之間，電燈黑了下來，怪叫聲幾乎將她的耳朵震聾了，她也跟著怪叫起來，猛地站起。

在她的身後，不知圍著多少人，她一站起，身後的人也立時騷動了起來，穆秀珍認住了馮樂安所在的位置，伸手便抓了過去，可是她卻抓住了一個袒露的肩頭，緊接著，一個女人便尖聲叫了起來。

穆秀珍忙道：「對不起，對不起！」

事實上，這時無論她講什麼，都沒有人曾聽得到的，她一抓抓錯了人，便知道馮樂安已經不在了。

她叫道：「高翔！高翔！」也沒有人回答她。這時，高翔也不見了。

穆秀珍從人叢中硬擠了出來，向外衝了出去，不少人向她撞來，她也撞中不少人，她一面向外衝，一面叫著高翔的名字。

在那樣的喧鬧環境之中，高翔根本就未曾聽到她的叫喚。

然而，在她將要衝到門口之際，卻有人在她的肩頭上拍了一下，道：「你找高翔麼？你是什麼人啊？」

「混帳，」穆秀珍不假思索地道：「我是穆秀珍。」

「那好，你跟我來！」

穆秀珍轉過身去，她被那人抓著手臂，那人並不是帶她向大廳之外去，反而帶著她向大廳之內，人正擁擠喧鬧的地方走了過去。

穆秀珍叫道：「喂，你帶我到什麼地方去？」

那人大聲道：「不是去找高翔麼，我來叫他！」

那人一面說，一面口中發著一種十分怪異的尖叫聲，轉眼之間，穆秀珍只覺得身邊已多了幾個人，那幾個人分明是故意擠在她身邊的，穆秀珍知道事情十分不對頭，正想要掙脫那人時，她的頭上已經受了重重的一下敲擊了！

那一下敲擊，來得極其突然，而且極其沉重，穆秀珍的身手再矯捷也難以預防，她只覺耳際「嗡」地一聲響，人便倒了下去。

不知道過了多久，穆秀珍才漸漸地又有了知覺，她起先覺得耳際「嗡嗡嗡」地響著，像是有許多蜜蜂在耳旁飛舞一樣。再過一會，那種「嗡嗡」聲沒有了。

穆秀珍覺得清醒了些，這時，她也感到了頭頂之上的那種劇痛，彷彿她的頭頂骨已經裂了開來一樣，她忍不住發出了一聲呻吟。

接著，她倏地睜開眼來。

眼前一片黑暗，一片膠似一樣的漆黑，這使她一時之間誤會自己是在「水晶宮」的賭場中，然而四周圍卻極其寂靜。

穆秀珍想試著坐起身子來。但是她才動了一下，便發現沒有這個可能。那並不是她沒有力道，而是她的身子上下，有著六七道皮帶，將她緊箍在一塊板子上，令得她根本沒有法子動彈分毫！

穆秀珍吃驚了起來，她「哇」地叫了一聲。

她的叫聲才一出口，就在她的面前，突然出現了一張人的臉，那人的臉，離穆秀珍如此之近，而且是突如其來自黑暗之中浮現的，這令得穆秀珍大大地吃了一驚，倒吸了一口氣，那人的臉才向後慢慢地退了開去。

這時候，穆秀珍也看清，那人的左眼，透過一塊鏡片發出一種異樣的，青森森的光芒，那種青森森的光芒，將他左半邊臉照得較為青些，而右半邊臉，卻是相當陰暗，那一隻發光的眼睛，定著不動，除了這一張怪臉之外，那人的身子根本看不見。

穆秀珍看出了那人正是馮樂安，她的心中才放心了些，因為在她前面的，總算不是什麼鬼怪，她立即問道：「這是什麼地方？」

馮樂安冷然一笑，道：「你可以不必管。」

「那麼，你綁住我做什麼？」

「令你不要妄動。」馮樂安的聲音，仍然那樣冷。

「你……究竟是什麼人？」

「小姐，我可以先給你看一樣東西！」

馮樂安忽然隱沒了，穆秀珍的眼前，立時回復成一片黑暗，但因為剛才她對馮樂安那隻發光的眼睛注視得太久的關係，雖然馮樂安已經隱沒了，但是她眼前似乎仍然有一張怪眼在搖晃著，就算她閉上了眼睛，也是一樣。

過了一分鐘，穆秀珍的眼前陡地一亮。她立即看清，自己是在一間什麼陳設也沒有的房間中。

說什麼陳設也沒有，似乎也不很對，因為至少有一張板床——穆秀珍就是被三吋寬的皮帶，綁在這一張板床之上的。

而在那張板床旁，有著一張椅子。馮樂安就坐在這張椅子上，手中拿著一張報紙，穆秀珍偏過頭去，忍住了頭頂的劇痛，她首先看到了「號外」兩個大字。

然後，馮樂安展開了報紙，她看到了標題：

水晶宮賭場遭劫
庫房現金珍寶被劫一空
估計損失了八十萬英鎊
高級警官高翔在現場身受重傷

只看到這四行標題，穆秀珍已然有透不過氣來的感覺了，她呆了片刻，道：「高翔……他怎麼樣了，可傷得重麼？」

「你自己看。」馮樂安將報紙湊近了些。

穆秀珍看到了內容：「……高級警官高翔在混亂中突然昏倒，遭人踐踏，復電之後，被送入醫院，據會診結果，發現身體內部出血，傷勢沉重……」

穆秀珍抬起眼來，大聲道：「你……是你將他打昏過去的？」

「是。」馮樂安身子後仰，向椅背上靠去。

「搶劫『水晶宮』賭場，也是你幹的？」

「不錯，但也是你們造成的，如果不是你們來干涉，我盡可以採取贏錢的辦法，來贏得我所要的數字，但如今，我只好採取更直截的方法了。」

「放屁，胡說，不要臉！」穆秀珍一口氣地罵著：「快將我放開來，要不然，我就……」

「你就怎麼樣？哈哈！」馮樂安截斷了她的話頭，放肆地笑了起來。穆秀珍除了乾瞪著眼望著他之外，一點辦法也沒有。

「木蘭花受傷了，高翔受傷了，你似乎也不應該例外，對不對？」馮樂安調侃地望著穆秀珍，「你們是被人合稱東方三俠的啊！」

「哼，你是敵不過我們的。」

「我並無意和你們對敵，我與你們可以說風馬牛不相干，是你們來惹我的，我當然要還手。如今，你也要受到重傷，然後，等你們三人養好傷時，我早已遠走高飛，你們也找不到我了，你喜歡受槍傷呢？還是喜歡刀傷？」馮樂安假作殷勤地問。

「你……」穆秀珍心中大是焦急，她突然想起木蘭花來，眼前這傢伙以為木蘭花已受了傷，所以才肆無忌憚的，如果告訴他，木蘭花未曾受傷的話，那只怕他要大吃一驚了。「哼，你以為蘭花姐受了傷麼？告訴你，她並沒有受傷！」

馮樂安怔了一怔，又笑了起來。

他聳了聳肩，道：「若是說一個人從四樓跌下來，而仍然不受傷的話，小姐，那你未免是在編造神話了，你以為有可能麼？」

「當然有，蘭花姐就沒有事。」

「你有什麼證明呢？」

穆秀珍睜大了眼，她有什麼證明呢？木蘭花在什麼地方，她都不知道，她能提出什麼證明來說木蘭花並沒有受傷呢？

「哈哈，如果木蘭花沒有受傷的話，她為什麼不來救你，甚至於不能阻止賭場的劫案——據我所知，她是受雇於賭場的，如果她真是未曾受傷的話，這樣的木蘭花，又有什麼用呢？」

他一面說，一面揚起了手來，他的手壯實而多毛，而且指根突起，一望便知道是練過多年空手道的人，他揚起手來之後，面上露出猙獰的神色，一掌就待向穆秀珍劈了下來，穆秀珍心中焦急地叫著：蘭花姐，你怎麼還不來啊！

然而，她立即又想到，木蘭花是叫她回到家中不可妄動的，她卻跟著高翔到了「水晶宮」中，這時，她不怨自己不聽話，反倒怨起高翔來了。

然而不論她埋怨什麼人，馮樂安的大手掌已經迅速地向下壓了下來，穆秀珍在突然之間發出了一下尖厲之極的呼叫聲來……

木蘭花當然是未曾受傷，只不過是穆秀珍未曾知道她在什麼地方，所以馮樂安才不相信穆秀珍所說的話而已。

事實上，穆秀珍還曾見過木蘭花，只不過在巧妙的化裝之下，穆秀珍卻未曾認出她來，非但是穆秀珍，連高翔也未曾認出她！

不錯，木蘭花就是化裝成那個中年的禿頂侍者。

木蘭花在招呼高翔和穆秀珍兩人時，特地說出了穆秀珍所喜愛的食品，好令穆秀珍知道她的身分，同時立即回家去，不要在「水晶宮」中生事，可是穆秀珍卻絕未料到一個半禿的中年人會是木蘭花。

木蘭花化裝成侍者，本來是準備在侍候馮樂安的時候，留神觀察馮樂安行動的，她在八時二十分的時候就看到馮樂安進了餐廳。出乎木蘭花意料之外的，跟在馮樂安身後的，還有兩個人，更使木蘭花意外的，是那兩個人，她都認識！

那個身體結實的中年人，有著一頭異樣的棕髮，眼中的神情殘忍得像鉤子一樣，這個人叫西華夫，是一個惡名昭彰的職業特務。

這個西華夫早年投奔到西方陣營來的時候，是一件大新聞，後來，這傢伙又倒戈了，再後來，他幾乎成了只要有錢，什麼都幹的人！

而馮樂安居然和這樣一個職業特務在一起！

另外一個身材矮小的老者，在本市可以說鼎鼎大名，那老者有一個外號，叫「保險箱」韋九。韋九是一個罕有的開保險箱能手。

木蘭花見到這樣兩個危險人物，心中不禁愕然！

她立即知道馮樂安這個人的不簡單了，他來到本市，只怕絕不是憑著不知用什麼方法贏上一些錢那樣簡單了，一個人和西華夫這樣凶殘的職業特務在一起，若不是做一些驚人的事，那絕不可能的，何況還有「保險箱」韋九的這樣慣竊！

然而，令木蘭花不明白的是，何以他們竟這樣肆無忌憚地公開出現？難道他們竟以為沒有人注意他們，認識他們呢？還是他們根本不將別的人放在心上？

加果是後者的話，他們也未免太狂妄了！

要知道本市乃是遠東的大港，萬商雲集，繁華無匹，而且又一向是各國特務遠東的活動基地，是間諜們勾心鬥角的所在！像西華夫這樣身分的人公然在這裡出現，木蘭花敢斷定，暗中監視他的人，一定不會少過十個以上的。

木蘭花也覺得，注意西華夫的行動，似乎比注意馮樂安更加重要些！

木蘭花早已通知了餐廳經理，是以馮樂安、西華夫。韋九等三人一走進來，她便走了過去，遞上菜單，佇立在側。

她希望三人交談些什麼，好讓她得到些線索。

但是那三個人除了吩咐他們要些什麼菜式之外，卻絕不多說一個字，木蘭花退了開去，遠遠地站著，利用偷聽器，仍想在他們的談話中找出一點線索來，然而三個人卻只是一聲不出。

晚飯後，馮樂安帶著韋九離開了，西華夫則仍然坐著。木蘭花猶豫了一下，心想自己要不要跟著馮樂安出去呢？

馮樂安和韋九在一起，是為了什麼呢？如果說他是要韋九合作，去偷竊「水晶宮」賭場的保險庫，那似乎可能不大。

因為馮樂安一定掌握了一個什麼方法，這個方法使得他可以堂而皇之地在賭桌上贏錢，而可以不必去偷竊，那麼，他們兩人是不值得注意的了。

所以木蘭花並沒有跟出去，而是留在餐廳之中。

因為她考慮的結果，覺得留意西華夫的動靜似乎比留意馮樂安還要有用，因為西華夫是如此危險的一個人，僅僅是他的出現，已經不尋常了。

西華夫悠閒地喝著酒，喝完了一杯又一杯，他時時閉目養神，看他的樣子，十足是一個賺了錢的富商，而不是一個窮凶惡極的職業特務！

時間慢慢地過去，西華夫似乎絕不想有任何動作。

等到賭場方面突如其來傳來那驚天動地的呼叫聲的時候，木蘭花便知道自己上當了，上了馮樂安的當了！

木蘭花幾乎是立即覺察到自己上當的。她是一個如此聰明的人，要騙倒她，已然是十分不容易的事情，何況是要騙倒她而令她不知道？

她知道西華夫公然出現的原因了，馮樂安倒不一定是為對付她的，但是她卻也成了眾多上當者中的一個！

馮樂安已知道他自身引起了人們的注意，注意他的人自然是各方面三山五嶽的人馬，於是他想出了一條妙計，他找了一個比他更引人注目的人，這個人就是西華夫，他和西華夫一齊出現，然後離去。

由於西華夫是如此惡名昭彰，而且時時在國際間諜鬥爭中擔任著異樣重要的角色，他之比馮樂安更引人注意，是可想而知的事情。

於是，所有人便轉移了目標。

於是，馮樂安便可以為所欲為了！

木蘭花一想及這一點，不禁為之頓足！因為馮樂安可以說太狡猾了。

但木蘭花絕不是會後悔自己錯誤的人，她要以行動去補償損失。

她立即向賭場方面奔去。

她闖進了漆黑的賭場，賭場中已經亂成了一片，她什麼人也認不出來，但是她卻可以認出高翔正在高叫著他是警方人員。

木蘭花知道割斷電線一定是韋九的傑作，因為這正是韋九行事的作風，所以她循聲擠到高翔的身邊，要他保護保險庫。

她以為高翔一定可以做得到這一點，她知道韋九雖然是一個實際行動的參加者，但他卻絕對不是集團的首腦。

真正的首腦是馮樂安。

她要找到馮樂安，在黑暗中將之擊倒！

但是在混亂之中，她卻找不到馮樂安，混亂持續了半小時左右，電燈才復明。等到電燈復明後，賭場中幾乎已沒有什麼人了。

滿地是籌碼，滿地是鞋子，大多數是高跟鞋，那情形像是剛有十七八個炸彈在這裡爆炸，在這像爆炸一樣的地上躺著兩個人，一個是胖子老闆，一個是高翔。

警方大隊人馬也開到了，立時發現保險箱被打開，一切全都被偷走了，包括賭場經常準備的巨額現款，和旅客託交酒店保管的珍飾——這部份的價值，一時難以估計，但可以料斷，遠比現款部分為多。

高翔和胖子老闆被送走了。

保險公司的代表和記者來了。

現場又亂了，木蘭花並沒有參加這種混亂，她只是悄悄地從酒店的後門溜了出去，只不過在出去之前，她打了一個電話。

這個電話，是打給一個彈子房，叫一個叫作「花老鼠」的聽電話的，她只講了一句話：「我是木蘭花，韋九最近的住址是什麼地方？」

對方略為猶豫了一下，便說出了一個地址。

木蘭花立即出了酒店，捍向那個地址去。那是一個十分污穢，十分擁擠的區域，住在這裡的人，全是販夫走卒，最低層的人，整條街是黑暗骯髒的舊木樓。

木蘭花找到了她要找的那幢，上了三樓。

她的腳步十分輕巧，在漆黑的樓梯上，像貓一樣地向上走著，一點聲音也沒有發出來。

她剛上了三樓，便看到在樓梯口上坐著兩個人。

那兩個人垂著頭，似乎在打瞌睡。也難怪這兩個人，因為木樓梯一有人上來，便會發出可怕的「吱咯」聲，他們自然會驚醒，又怎料得到木蘭花一點聲音也沒有發出，便已經到了他們的面前？

木蘭花一伸手，按住了他們兩人的頭，相撞了一下。

兩人頭撞頭的地方正是太陽穴，木蘭花用的力道又大，那兩人只覺得眼前金星亂迸，立時身子一側，昏了過去。

木蘭花將兩人輕輕地放了下來，跨前一步。

她跨出了一步之後，已到了門前。

木蘭花伸手在門上輕輕地摸了一下，便知道韋九真的是住在這裡面的了。韋九是時時變換著地址的，但只有一個人卻永遠知道他的地址。

那就是「花老鼠」。

「花老鼠」是一個年輕人，自然也是不務正業的，據說，「花老鼠」和韋九之間有著十分不正常的一種關係，所以「花老鼠」才知道韋九的蹤跡。

因為木蘭花曾經解過「花老鼠」幾次圍，而且她還掌握了「花老鼠」的不少犯罪證據，隨時可以將他送進監獄去關上十年八年，所以木蘭花向「花老鼠」打聽些什麼，「花老鼠」固然狡猾，也是絕對不敢不告訴木蘭花的。

但是，韋九要做些什麼案子，「花老鼠」也不知道。

當木蘭花在門上摸了一摸，便肯定「韋九」在這裡的原因，那是因為那扇門是銅鑄的，而且還配有最精良的鎖，這正是韋九的作風。

韋九本身是開鎖專家，他的門鎖全是他自己設計的，可以說除了他之外，絕不會再有第二個人可以打得開來。

木蘭花不想浪費時間在門鎖上，她只是貼耳向門內聽了一聽，門內靜得一點聲音也沒有，顯然是韋九還沒有回來。

從時間上來算，韋九的確不應該已回來了。

他偷到了保險箱中的一切，當然先要分贓，分了贓之後，又要將贓物藏好，然後才到這裡來躲著，絕不露面，等候風聲過去。

木蘭花在那兩個漢子的後頸又加了一掌，她自己則站在樓梯的轉角處不動，她等了半小時，便聽得木樓梯上響起了一陣腳步聲。

她屏住了氣息，腳步向三樓而來，到了樓梯口，腳步聲停止了，木蘭花已可以看到一個瘦小的人影，正是韋九。

「傻仔，大頭！」韋九低聲叫著。

「傻仔」和「大頭」當然就是昏過去坐在門口的那兩個人，那兩個人並沒有出聲，木蘭花則含糊地應了一聲。

韋九又向上走來，到了門口，他剛站在門口，木蘭花便幽靈也似地閃了出來，一根槍抵住他的背脊，沉聲道：「快開門。」

韋九呆了一呆，隨即笑了起來，道：「原來是一條路上的朋友，窮急了麼？

我身邊所有的，朋友不妨都取去好了。」

「韋九，」木蘭花低聲說道：「你聽聽我是哪一個？」

韋九的身子猛地一震，他立即想轉過身來，但是木蘭花已握住了他的左手臂，將之扭到了身後，令得他不能轉身。

「你……不是跌下來，受了重傷麼？」韋九幾乎不能相信地問，這時他已沒有掙扎的餘地了，但是他卻還希望自己並不是落在木蘭花的手中！

「我傷重死了，現在的我是鬼魂……少廢話，快開門吧。」木蘭花冷冷地回答著：「我可沒有那麼好的耐心，你也不必希望出什麼花樣。」

韋九不再出聲了，他轉動著鎖圈，不到一分鐘，便推開了門，木蘭花推著韋九走了進去，接著亮了燈，才命令韋九將兩個昏過去的拖了進來。

木樓中十分髒，陳設自然也極之簡陋，但是門窗卻是最堅固的，當然，在外面看來，仍然是十分殘舊的木頭門窗，那是巧妙偽裝的結果。

木蘭花押著韋九坐了下來，手槍仍指著他的後腦，道：「『水晶宮』的生意，你得到了多少好處，一定很肥，是不是？」

韋九的面色在昏黃的燈光下變成慘白，木蘭花竟比他來得更快，這實在是使他難以明白。

「什麼『水晶宮』？我不明白。」他雖吃驚，但還想賴。

「韋九！」木蘭花冷笑，「我們全是明白人，何必還講暗話？我什麼都不管，但是我和那個德國人卻還有事情未了！」

「那不關我的事。」韋九不再圖賴「水晶宮」中的劫案是他幹的了，但是他卻企圖擺脫他和馮樂安之間的關係。

「當然關你的事，你和他是合夥人，我相信馮樂安在本市一定另有一個根據地，而你也一定知道這個地方，是不是？」

「不錯，你料得對，可是我絕不會說的。」

「韋九，別忘了你的性命在我的掌握之中。」

「當然我不會忘記，但是你盡可以殺了我，或者將我押到警局去，」韋九昂然地道：「但是我絕不會洩漏同夥人的秘密，你以為我是喜歡和警方人員勾搭的人麼？」

韋九的後一句話，顯然是在非議木蘭花了。

木蘭花冷笑一聲道：「你想想看，馮樂安的身分是如此之神秘，他雇用了你！作了這一件案子，讓你知道了有關他的秘密，雖然你夠義氣，不講出他的秘密來，他會和你一樣有義氣，相信你會永遠對他保守秘密麼？那個西華夫，你知道他是什麼人？他有一百種以上的方法可以殺人滅口。」

「這樣說來，」韋九語帶譏諷，「你倒是為我著想了？那麼，首先請你將放在我背上的手槍拿開，不然你即使講盡了好話，也是沒有用的。」

木蘭花知道要說服以頑固出名的韋九，並不是那麼容易的事情，她正在想著要怎樣才能夠在韋九的口中，探出更多有關馮樂安的消息時，忽然，木梯上傳來了「格支」、「格支」的聲響，那是一個體重相當的人，以相當快的速度在向上走來。

木蘭花立時身形一閃，躲到一隻衣櫥的後面低聲道：「別忘記我的槍一直對著你，你始終在我的射程之內，有什麼變化，第一個遭殃的是你。」

木蘭花的話才講完，門上便響起有規律的叩門聲：「篤，篤篤！篤，篤篤！」一短兩長，接連叩了三次之多。

韋九呆了一呆，向木蘭花躲藏的地方看了一眼，道：「來了。」他一面說，一面走到了門前，打開了門，一個人立時推門而入。

那人的身子壯闊高大，他才一進來，韋九瘦小的身子幾乎全隱沒在他的身影之中，那人正是西華夫，他在門口略站了一站。

韋九後退了一步，面上現出十分奇怪的神情來，聲音也有一些異樣，木蘭花可以看到他的側面。她也看得出，韋九神情聲音有異，絕不是因為自己躲在他的背後用槍指著他，而是因為西華夫的突然來到！

果然，韋九一開口，使道：「我們之間的事情已經完畢了，你為什麼還要來找我？」

「我們之間的事……」西華夫咧開嘴獰笑了一下，露出了他一嘴雪也似白，像狼一樣的牙齒來：「還差一點就完畢了。」

「你這是什麼意思？」韋九猛地後退了一步。

「你還不明白麼？你不能再留在世上。」西華夫以極快的手法抽出了槍來。

「你們……」韋九只叫出了兩個字，槍聲就響了。

槍聲其實不會比拔起一隻軟木塞更響些，那只是「啪」地一聲，比起西華夫騰地後退一步的聲音要小得多了！

西華夫後退的聲音十分大，「砰」地一聲，又是「啪」地一聲，他手中的槍跌到了地上，韋九則呆若木雞地站著。

這一切，都是從電光石火一剎間所發生的。

緊接著，西華夫發出了一聲怒吼，以快疾到木蘭花萬萬意料不到的速度，衝出了門口，再接著，木樓梯上發出了一陣可怕的聲音，一切又回復死寂了。

韋九仍是木然而立，木蘭花自衣櫥後走出來，她手上那柄小巧而裝有滅音器的槍，槍口仍在冒著煙。

她越過了韋九，來到西華夫拋下的那柄槍前，將那柄槍拾了起來，道：「這是殺傷力最大的德國軍用手槍，韋九，在那麼近的距離，如果你被這麼大威力的手槍射中，我真難想像你會變成怎樣的了。」

「木蘭花！」韋九叫著，他突然神經質地握住了木蘭花的手，「他們會再來的，一次不成，他們第二次會再來的。」

「當然。」木蘭花直截地回答。

「我怎麼辦？我怎麼辦？」韋九六神無主了。

「你既然和這種身分特殊的人攪在一起，你自己自然是應該知道怎麼辦的！」木蘭花摔脫他的手，便向外走去。

「你別走！」韋九轉到了她的身前，求著她說：「他們許我的報酬特別高，我幹了這一次便可以洗手了，所以才答應的，你無論如何要替我想想辦法！」

「辦法是有的，」木蘭花停了下來，「但你要替他們保守秘密，我又有什麼法子可想？你說是不是？」

「我說了，他們想殺我滅口，那麼狠心，我還有什麼不說的？我剛才從岡山灣道二十四號來，我是和他們一齊到那邊去的，而且，穆秀珍也在那裡，穆姑娘被馮樂安打昏了……」韋九一口氣地說著，他的話令得木蘭花幾乎直跳了起來！

岡山灣道是一條十分冷門的街道，它在本市的一個衛星城鎮中，木蘭花一聽到馮樂安的總部設在這條街道上的時候，心中不禁暗嘆馮樂安想得十分周到，他自己住在「水晶宮」，卻將他行動的總部設在這樣一個不受人注意的小鎮上。

木蘭花自然不知道，關於這一點，高翔早有所獲了。

當木蘭花聽到穆秀珍竟然被馮樂安擊昏，而且帶到了那個小鎮去的時候，她心中的焦急實在是難以言喻。

當「水晶宮」賭場復明之後，她只看到受傷的高翔，而未曾看到穆秀珍，當時她也未曾放在心上，只當穆秀珍走開了，沒想到穆秀珍竟成了俘虜！

她連忙向門口走去，到了門口，轉過身來，將西華夫的那支手槍拋給了韋九，道：「拿著它，必要的時候，你可以自衛，你也要快換一個地方，新的住址，誰都不要通知，連『花老鼠』在內，你告訴了他，便等於全世界都知道你的住址了！」

木蘭花三步併著兩步，下了木梯，在門口，她向外張望了一下，街道上寂靜而陰暗，木蘭花心想，西華夫的手腕受了傷，當然是立即逃回去了！

他是不是逃到岡山灣道去了呢？

如果是的話，他想不想得到傷他的是誰呢？

木蘭花一面想，奔到了街口。

在街口，她用百合鑰匙打開了一輛汽車，又用百合匙打著了火，一踩油門，開動了那輛車子，向前疾馳而去。

這輛車子是什麼人的，木蘭花當然不知道。

而由於情形的危急，她也顧不得這許多了，當然，木蘭花在事後，是會賠償車主一切損失的。通常情形是，當車主知道了他的車子曾經被大名鼎鼎的女黑俠木蘭花在緊急事件中使用過，反覺得非常之高興，感到一切損失都是無足輕重的。

那輛車子在街道上以最快的速度行駛著，不到十五分鐘，便出了市區。到了郊區的公路上，木蘭花更加加快了速度。

但是無論木蘭花速度如何快，西華夫總比她早走了一段時間，因之西華夫也必然比木蘭花要早到岡山灣道二十四號！

5 神奇催眠術

西華夫的右手腕受了傷，他只是匆匆地包紮了一下，鮮血還在一滴一滴地向下淌著，他用左手單手駕車，車子簡直像是瘋牛一樣！

當他的車子以一種難聽之極的剎車聲，停在岡山灣道二十四號門前的時候，正是馮樂安舉起手來，待向穆秀珍劈下的時候。

那一下尖銳難聽的剎車聲，傳進了屋子，令得馮樂安陡地呆了一呆，手停在半空，緊接著的踢門聲，更令得馮樂安退後了兩步，緊張地等待著。

被馮樂安利用來作為指揮的房子，是一幢十分普通的二層石屎（編按：混凝土）樓，西華夫衝上了樓梯，便怪叫了一聲，馮樂安立即打開了門。

西華夫一步竄了進來。

「解決了麼？」馮樂安沉聲問。

西華夫並不出聲，揚起手腕來。

他還在滴血的手腕，說明了一切。

「怎麼一回事？」馮樂安狠狠地問，同時望向西華夫。

西華夫向後退了一步，道：「韋九的房中有人，我相信那是木蘭花！」

「哈哈，那當然是木蘭花了！」穆秀珍陡地接言。

馮樂安回過頭來瞪了穆秀珍一眼，穆秀珍看到他的左眼中閃著一片異樣的光芒，她一接觸到那種光芒，心頭便怦怦亂跳！

幸而馮樂安只是望了她一眼，便立即轉過頭去對西華夫了，西華夫先是呆呆地站著，驚駭無比地叫道：「你！你……」

馮樂安沉聲道：「你這個不中用的傢伙，你給木蘭花嚇破膽了，你連一個最普通的竊犯都對付不了，反倒洩露了我們的秘密！」

馮樂安一面講，一面向前逼近，而西華夫不斷地向後退著。

終於，西華夫退到牆前站定，而馮樂安則站在西華夫面前三呎處，盯著西華夫。

穆秀珍看不到馮樂安臉上的神情，但是她卻可以看到西華夫，她看到有一股極之強烈但是卻十分陰森的光芒，罩定在西華夫的臉上。

那股光芒，令得西華夫的面容看來更是猙獰。

但儘管他面目猙獰，他的雙眼仍是定定地望著馮樂安，他的口中發出一種十分奇怪，而毫無意義的聲音。

他的左手本來是揚起來，這時也漸漸地放下來，而馮樂安右手一振，只聽「搭」地一聲，他的手錶中露出吋許長的一截小刀來，馮樂安將小刀迅速地插進了西華夫的咽喉，西華夫竟然完全不作反抗，咽喉中刀處，鮮血淌下來，他的身子也沿著牆慢慢地向下滑了下來。

西華夫的身子比馮樂安強健不知多少，他就算右腕受了傷的話，馮樂安也不會是他的對手，但是西華夫卻完全不抵抗！

那柄小刀上顯然是有劇毒，要不然，像西華夫那樣的壯漢，即使是咽喉要害處受了這樣的一刺，也是不會立即喪命的。

但此際，坐在牆根前的西華夫顯然已經死了。

馮樂安發出一聲驚心動魄的冷笑，轉過身來，他左眼中的那種光芒已經斂去。穆秀珍在那一剎間突然想到，馮樂安的那隻左眼一定大有古怪，自他左眼之中發出的那種古怪的光芒，可能具有強烈的刺激對方腦神經的作用。

也就是說，有著強烈的催眠作用！所以西華夫才會在他的注視之下呆若木雞，絲毫不加反抗，聽憑他殺害！

而他的左眼，為什麼具有這樣神奇的力量呢？

穆秀珍望著他陰森的臉，心中不禁生出了一般寒意。

馮樂安來到穆秀珍的身邊，道：「哼，木蘭花從四樓跌了下去，被送進醫院，這是我親眼看見的事！」

他狠狠地向穆秀珍狂叫著，根本未曾注意到他身後的一扇窗子，已被人悄悄地推了開來，他再次抬起手來，然而，就在此際，他的身後已傳來「卡」地一聲。對於槍械略有常識的人，便可以知道那一聲響，是手槍的保險掣被打開的聲音。

「舉起你的雙手，放在頭上！」木蘭花的聲音接著便傳了出來，而且就在馮樂安的背後五呎處，因為她已經跨進窗來了！

她向牆根前的西華夫看了一眼，隨即發出了這個命令。

馮樂安的身子震動了一下，看他的情形，像是準備轉過身來，但是木蘭花立即道：「別動，完全照我的話去做，快！」

馮樂安的雙手舉了起來，放在頭頂。

「蘭花，快將我放開來。」穆秀珍叫著。

木蘭花卻不去睬她，只是冷冷地道：「先生，你……」

木蘭花只講到這裡，便突然停了口，她沒有法子再向下講去了。

因為馮樂安的手錶錶面突然掀起，兩枚五仙鎳幣大小的東西跌了出來。

那兩枚東西雖小，可是跌了出來之後，在半秒鐘之內所產生的濃煙卻是驚人之極，木蘭花的視線立時為濃煙所遮。

她只依稀看到馮樂安的身子閃了一閃。她連忙放槍，她一連放了三槍，同時向前撲去，撲到穆秀珍的身上，防止馮樂安傷害穆秀珍，她在撲到穆秀珍的身上之後，又向濃煙中放了兩槍。

這時，室內已滿是濃煙，濃煙並且向街外冒出去，木蘭花摸索著，摸到了綁住秀珍的皮帶，她取出小刀，將皮帶割斷。

木蘭花相信馮樂安已經離開這幢屋子了，所以，她一放開了穆秀珍，立即拉著她向外衝了出去。

木蘭花這時仍然是一個半禿頂的侍者，當她拉著穆秀珍衝出門口時，街口已有人在叫「火燭」了，只見到一個穿著侍者制服的人，和一個年輕女子，卻又穿著西裝，一齊從著火的屋子中奔了出來，都不免大是奇怪。

但木蘭花卻已和穆秀珍迅速地奔到汽車內，向前疾馳而去了！

在汽車中，木蘭花只是駕著車，一聲不出。

穆秀珍覺得坐立不安，過了幾分鐘，她實在忍不住了，道：「蘭花姐，我……我……是高翔他叫我去的，不關我的事。」

「喔，原來是這樣，」木蘭花淡然地說著，聽她的口氣，似乎不準備責備穆秀珍，這令得穆秀珍安心了許多，然而，木蘭花卻立即又以冷淡得出奇的聲音道：「可是他綁住了你的手腳，硬將你抬到『水晶宮』中去的？是不是？」

穆秀珍苦笑著，道：「蘭花姐，當然不是。」

「那就好了。」木蘭花顯然不願意再多說什麼了。

如果木蘭花大聲罵她，埋怨她的話，那麼穆秀珍心中一定十分舒服，因為她自己知道做錯了事，應該受責罵。然而這時，木蘭花卻不是那樣，她根本像是不願再提起這件事來一樣！

這未免令得穆秀珍惴惴不安，因為她自昏過去了之後，究竟發生了些什麼事，她也不知道，她不知道因為自己不聽木蘭花的話，造成了多大的損失。

「蘭花姐，」她又忍不住叫起來，「你還在生我氣麼？」

「唉，」木蘭花低嘆著，「秀珍，如果你能夠聽我的話，那麼高翔一個人絕不會去冒險的，他也不會受重傷了。」

穆秀珍低頭不語，好半晌才道：「他……他的傷勢不是很重吧？」

「我也不知道，現在我們就去看他。」

兩人的心情都十分沉重，汽車向前直駛著。

不知從什麼時候開始，天下起雨來了，輪胎在被雨水濡濕的柏油路上輾過，帶起一種輕微的「滋滋」聲，兩人直到醫院，沒有再說過一句話。

警方的高級人員都聚集在醫院中。木蘭花和穆秀珍兩人的出現，使得那些高級警官都起來和她們打招呼，在院長室中，每一個人都可以聽到方局長低沉而又急促的聲音。

「去請最好的醫生來，一定要使他康復！」

「我們當然盡我們的力量，但是他出血過多……」那是一個蒼老而有教養的聲音，他自然是院長。「在輸血之後出現了休克，雖然醒了過來，但如果……」

「如果怎樣？」方局長焦切地問。

「如果他不是有過人的體質，那麼第二次休克可能緊接而至，那就更難說了，如今我們正使用氧氣在幫助他呼吸，可是他心臟的跳動仍然十分微弱，這是他的心電圖，你可以看出他是如何在死亡邊緣掙扎的情形，你看到了沒有？」

「我不懂醫學。」方局長的聲音甚至有點粗暴，這使得任何人都覺得愕然，但也沒有人覺得太奇怪，因為高翔的生命正受著死神的威脅！

「我不懂醫學，」方局長重複著，「但是這位病人絕不能死，院長先生，我，請求你出最大的力量，來挽救他的生命。」

「好，我當然會盡力的。」

方局長和院長兩人推開了門，從院長室走了出來。木蘭花立即迎上去。

在到達醫院後的那一段時間內，木蘭花已將她的化裝卸去了，是以她雖然仍穿著侍者的制服，方局長也可以認出她來。

由於她曾經化裝為一個半禿頂的男子之故，她的頭髮剪得很短，但這卻使她看來更加充滿了青春、美麗的氣息。

「蘭花！」方局長沉痛地叫了一聲。

「我要去看他。」木蘭花立即提出要求。

「院長說，任何人都不能去打擾他。」

「我不是打擾他，我只是去看他！」

方局長望著院長，院長十分為難。「這裡的每一個人都希望去看他，如果我答應了你，而不答應別的人，那麼別人豈不是更要埋怨了？」

木蘭花還未曾回答，兩個高級警官已站了起來，大聲道：「我們不會埋怨的，院長先生，請你准許蘭花小姐的要求。」

「我也去！」穆秀珍突然叫道。

「不行，最多一個人。」院長嚴肅地吩咐：「小姐，請你跟我來，你們可以在這裡等著，等候幸或不幸的消息。」

穆秀珍不再說什麼，坐了下來。

每一個人都不說什麼，靜到了極點，所以，當院長和木蘭花兩人向前走去的時候，他們的腳步雖輕，卻也印在每一個人的心頭之上。

木蘭花跟著院長，走進了加護病房，她看到了高翔，高翔正躺在一張病床之上，在床上，如同蚊帳也似，罩著一層透明的膠罩。

高翔正在接受氧氣輔助呼吸，他的面色十分蒼白，他的雙眼似開非開，似閉非閉，他的手上、胸口、額角的兩旁貼著不少橡皮膠布。

那些膠布並不是敷外傷，而是連接著一些電線，用電氣醫療器械來記錄他身體內部各方面的活動情形。平日如生龍活虎的高翔，這時就這樣靜靜地躺著。

木蘭花一進門便站定，她不敢走得太近，只是遠遠地站著，因為她怕高翔看到了自己，又引起新的興奮，使他再度昏過去。

院長一走進去，護士長便將心電圖的記錄交給院長，院長看了一下，轉過頭來，道：「情況在向好的方面發展。」

木蘭花點了點頭。

「他需要高度的靜養，不能受任何打擾，在接受治療的初期，我們甚至要對他的腦部神經使用壓制手術，使他甚至不去思想，你明白了麼？」

「我明白了。」木蘭花黯然道。

她不等院長再說什麼，便推開了門走了出去。

等她回到外面之際，無數詢問的眼光向她投了過來，木蘭花轉述了醫生的話，大家略為放心了些。

木蘭花來到方局長的身邊，沉聲道：「局長，我有必要將整個事情的經過向你報告，我想其他的有關人員也應該知道事情的真相。」

「好，」方局長立時道：「回總部去，我宣布召開高級人員的緊急會議，聽取木蘭花的報告，以決定我們的行動。」

方局長接著便叫出了七八個人名來，被方局長叫到的人，便魚貫走了出去，別的人仍留在醫院中，等候高翔好轉的消息，以便隨時可以和警局總部報告。

等到木蘭花在警局中，向方局長和八名高級人員報告了事情的經過，又討論了許久，離開警局之際，天已濛濛亮了。

這一夜，是在絕不平靜的情形之下度過的。

即使到了警局，在召開緊急會議的時候，也是極不平靜的，那是因為「水晶宮」方面傳來的報告——有關損失的數字。

當劫案一發生時，「水晶宮」方面便報告了損失的數字，然而那數字只是根據庫中的現款數字，再加上對旅客寄存的珠寶，作一個粗略的估計而已。

但在經過了詳細的調查之後，珠寶部份的價值卻是一個極其驚人的數字！

「水晶宮」是東方最豪華的一個消費場所，住在裡面的，全是世界上著名的富豪，在損失的單子上，法國船業大王夫人的一串南海珠鍊，每一顆珍珠的直徑是一點八公分，總共是三十顆；希臘工業鉅子夫婦的珍飾中，包括著名的鑽石「藍星」；美國豪富小摩根夫人的翡翠手鐲，是整塊翡翠雕成的，這些都是市值難以估計的寶物。

當然，這些珍飾全是保了險的，但是幾家保險公司也吃不了那麼巨大的賠帳，馮樂安這一次當真可以說是「滿載而歸」了！

經過了長時間的討論，警方總算擬定了對付的辦法。

首先，當然是封鎖一切出路，不給馮樂安離去。

但這一點是不是有效，卻是難以料斷的。一則，本市的交通通道猶如蛛網一樣，想要攔阻一個人，實在是十分困難的。

其次，就算是能攔阻成功，馮樂安離開不了本市，但本市是一個百萬人口的大都市，馮樂安要隱藏在人海之中，也是十分容易的事，要尋找他卻是十分的困難。

但是命令還是傳達下去。幾乎全市的警員都動員了。即使在警局總部的會議室中，也可以聽到警車尖銳的呼嘯聲不斷地傳了過來，使人更加覺得事態的嚴重，實是非比尋常。

第二件議決的事，便是迅速地透過一切機構來調查馮樂安這個人的身分、行動，和有關他的資料，來確定他這次行事的目的。

第三，是木蘭花提出來，而經過所有與會者同意的，便是馮樂安似乎具有一種超人的怪異力量，就算找到了他的行蹤，要對付他，也不是容易的事情，是以若是發現了他的蹤跡，便應該立即通知木蘭花，由她出馬來對付這個怪客。

到天將近亮的時候，總算傳來了一個好消息。

好消息是從醫院中傳來的，說高翔的情況大有好轉，他已進入了自然的睡眠狀態，最危險的時期已經渡過了。

木蘭花和穆秀珍是借了警方的一輛小汽車回去的，天濛濛亮，約略可以辨清一些物事，但是雨勢卻極其大。

汽車上的雨刷不斷地刷著，可是仍難將迅速地將潑灑上玻璃的水刷盡，視線變得十分模糊，木蘭花不得不將速度減慢。

路上幾乎沒有什麼人，木蘭花一面駕車，一面心中在想，在這樣的豪雨之下，海面上的可見程度一定減至極低了。這對於馮樂安來說，應該是有利的條件之一，他可以在煙雨迷漫的情形下逃離本市。

但方局長已經請求海軍協助。備有嚴密的雷達搜尋網的海軍，或者可以阻止馮樂安從海面上逃亡，而在這樣惡劣的天氣之下，想在空中逃亡，便十分困難。

那麼，看來這場雨對自己這方面有利了？

木蘭花一直在沉思著，她的心中還有幾件難以瞭解的事，那就是為什麼馮樂安有必定贏錢的本領，為什麼馮樂安需要大量的金錢，馮樂安的真正身分是什麼，等等。

在豪雨中，車子駛到了她們家門。

穆秀珍先下車，冒著雨打開了鐵門，直奔了進去，木蘭花停好車，也奔了進去，家中十分平靜，她們坐了下來。

直到這時候，穆秀珍才又開了口：「蘭花姐，以後有什麼大事，我聽你的吩咐就是了，你還在生氣，不肯和我講話麼？」

「秀珍，」木蘭花握住了她的手，道：「我不是在生你的氣，真的，我只是心煩。」

「是為了高翔？」

才坐下的木蘭花一聽得這句話，立時又站了起來，在客廳中來回地踱著，她雖然沒有回答，但是她的動作已十分明顯，她的確是為了高翔而心煩。

「蘭花姐！」穆秀珍剛才還苦口苦面的，可是這時卻又興高采烈起來，「你不必為高翔心煩了，高翔好了之後，如果我告訴他，在他受傷的時候，你曾如此坐立不安，只怕他寧願再多受幾次傷哩！」

「別胡說，你不能告訴他。」

「蘭花姐，」穆秀珍一本正經地說：「你平時什麼事情都那麼有決斷力，為什麼對高翔總是那麼猶豫，你又不是不知道他的心意！」

「別說了！」不等穆秀珍講完，木蘭花便揮手打斷了她的話。

穆秀珍對木蘭花做了一個鬼臉，不再說下去了。

就在這時候，「叮噹」一聲，門鈴響了。

兩人立即抬頭向外看去，那時雨勢更豪，天色反倒更黑暗了，她們住所的小花園並不大，可是這時向外望去，卻難看得清鐵門外是什麼人在按門鈴。

木蘭花走前幾步，打開了酒櫃的一扇門，門裡面和普通的酒櫃不同，有一面斜斜的鏡子，而靠牆的一面，牆卻是空的。

木蘭花按下了一個掣，在鏡上便可以看到鐵門的情形了，這是一具簡單的電視攝像管，再加上幾面通過折光作用來傳像的鏡子而形成的設備，那也是高翔的設計，木蘭花向鏡子上看去的時候，心中又不期而然感到了一陣茫然。

在鏡面上，她看在鐵門外停著一輛車子。

那輛車子是什麼時候駛來的，由於雨聲實在太大的原故，木蘭花根本沒有聽到車聲，當然也無從知曉。這時候，木蘭花看到，那是警方的一輛車子。站在鐵門外在按鈴的那個人，穿著一件黑色的雨衣、頭上戴著黑色的雨帽，腳上穿著黑色的長統膠靴。

那人的臉看不清楚，一則是由於光線黑暗，雨勢極豪，二則是由於那人將雨衣的衣領豎得十分高，將臉遮住了。但是那雨衣卻是警方的制服之一，木蘭花是認得出來的。

從種種方面來看，這是一個警方人員，然而，為什麼警方派人來之前，不先打一個電話來呢？

木蘭花又按下一個掣，道：「什麼人？」

她的聲音通過傳音設備，在鐵門旁的水泥柱中的一個擴音器中傳了出去。

她立即聽到了一個濃濁的聲音，道：「三〇一號警員。」

「有什麼事？」

「有一封穆秀珍小姐的信。」

從酒櫃中發出來的聲音，穆秀珍也聽到了。

「有我的信？」穆秀珍奇怪不已，說：「我去看看！」

她拿起一柄雨傘，便向前走了過去，來到鐵門旁，道：「什麼信？」

她一面說，一面向門外的那個警員看去。

那警員也抬起頭來。

在那一瞬間，木蘭花陡地一怔，她在暗暗的光線中，看到了一隻閃耀著異樣光芒的眼睛，那種光芒，在十分之一秒鐘的時間之內，便令得穆秀珍的腦中產生了一種極其奇妙的反應。

她想高叫可是卻叫不出來，相反地，她還產生一種十分睏倦的感覺。

她一夜沒有睡了，本來就相當疲倦，但這時的疲倦，卻是另外一種，那種感覺，是她從來也沒有經歷過的。

她覺得迷迷糊糊，似睡非睡，似醒非醒，又好像有一無形的力量在操縱著她的意志一樣，她向前看出去，只看到那隻奇異的眼睛。

那個有奇異眼睛的人，微微地笑著說：「打開門。」

穆秀珍毫不考慮，打開了鐵門。

「你在前面帶路。」

穆秀珍轉過身，向前走來，那人跟在後面。

木蘭花已關上了酒櫃的門，她向門外看去，看到雨中，穆秀珍向前走來，那警員跟在她後面，木蘭花不禁皺了皺眉頭，她不知道為什麼穆秀珍要讓他進來。

穆秀珍的步子很快，看來十分僵硬。

在那一剎之間，木蘭花覺得穆秀珍的態度似乎十分不對頭，但是卻又說不出所以然來。

穆秀珍筆直地向她走來，她行動的姿勢幾乎是僵直的，連頭部都是不動的。

等到穆秀珍踏上門口的石階時，木蘭花陡地覺察到不對頭是在什麼地方了。

穆秀珍面上那種茫然的表情，雙眼中那種木然發定的眼光，這一切，都說明她已被極其高明的催眠術催眠，是在被催眠的狀態之中！

在過去的幾分鐘內，穆秀珍除了自己之外，所接觸的，只有那個「警員」，木蘭花立即想到，自己在「水晶宮」的四樓跌下來前的一剎間，在馮樂安的怪眼逼視之下，也有被催眠的感覺，那麼，這個人根本不是警員，而是馮樂安了！

木蘭花在一覺察到穆秀珍是受了催眠後的一秒鐘之內，便已得到了那個結論，她的腦筋動得可以說是快到了極點。

但是馮樂安的動作，卻同樣快得出奇。

就在那一剎間，馮樂安推開了穆秀珍，在木蘭花剛一明白自己的處境，還不能採取任何行動之際，便已用一柄巨型的德國軍用手槍對準了木蘭花，沉聲道：「舉起手來，放在頭上。」

在這樣的情形下，木蘭花是沒有法子不服從的。

馮樂安手中的軍用手槍有極強的殺傷力，在近距離中若是被它射中，那結果實在是不堪設想，所以木蘭花並不猶豫，將雙手放在頭上。

穆秀珍在被馮樂安推開後，仍然木頭人也似地站在門口，馮樂安也不除下身上的雨衣，雨水順著雨衣流下來，地上很快就濕了一大灘。

「小姐，」馮樂安十分陰險地笑了笑，「我來這裡的目的，想必你已經知道了？」

木蘭花的確已猜到了他來此的目的。

然而木蘭花卻搖搖頭道：「不知道，你請坐，慢慢地說吧，反正在這樣的大雨中，是不會有人來打擾我們的。」

木蘭花一面說，一面向後退去，漫不經心地待要在一張椅子上坐下來。她只要坐上這張椅子的話，便可以伸足踏到在椅子旁的一個掣。只要踏到這個掣的話，一塊防彈的玻璃便會自天花板降下，擋在她的面前，她可以迅速地躍開，還擊，轉佔上風。

然而，她才退出一步，馮樂安便已冷冷地道：「站住，再動，我立即放槍。」從馮樂安的聲音中，從他謀害同伴的凶狠手段中，木蘭花知道馮樂安是真的會放槍的，所以她停住了不再繼續移動。

「小姐，我在這裡的事情已經辦完了。」

「那你大可以離去啊，」木蘭花鎮定地回答，眼珠則不斷地轉動著，她屋子中的機關雖多，但這時她站在客廳中央，卻一點也使用不著。

「當然我是要離去，可是警方的佈置太嚴密了，所以我要你幫忙，簡單地說，我要你和我一齊離開這個城市！」

「我？這不是笑話麼？」

「小姐，」馮樂安的聲音變得十分嚴厲，「不必拖延時間了，快跟我出去，我們就用這輛汽車直駛機場！」

「你能夠混得上客機麼？」

「不是客機，我有朋友，他的私人飛機是隨時可以起飛的。」

「在這樣惡劣的天氣？」

「我數到十，你是不是答應？」

「你為什麼不也將我催眠呢？我相信你的催眠術一定十分高明，是不是？要不然我的妹妹怎會在那麼短的時間內便被你制服了呢？」

「我可以告訴你，那不是催眠術，而是我有特殊的方法可以控制人的腦神經活動。」馮樂安顯得十分得意，但是他卻也不給木蘭花更多的時間，他立即開始數：「一——二——三——」

「行了，我答應了，可是你先要將我妹妹安置好。」

「進來！坐在椅上！」馮樂安簡單地命令著，穆秀珍木頭人也似地走了進來，「我之所以不將你催眠，是要借你來應付盤查的人，你明白了麼？在汽車中，由你駕車，我在後座，如果你應付不得宜的話，有什麼結果，我想你知道的了？」

「我如果有不好的結果，你呢？」

「不錯，我當然也好不了，但是我至少還有一些希望，而你則是根本沒有希望的了，我不相信你不知道那一點差別。」

「那麼，你劫掠『水晶宮』的所得呢，與我們同分？」

「你問得太多了，快走吧。」馮樂安並不回答她的問話。

木蘭花沒有法子再拖延時間了，她回頭向穆秀珍看了一眼，穆秀珍木然地坐在沙發上。木蘭花望著她，苦笑了一下。

她心中只好自己安慰自己：這樣也好，至少她不會到處亂走去闖禍了，如果自己可以安然歸來的話，要弄醒她自然不是難事。但是，自己能夠安然回來麼？

馮樂安並未曾提及自己在被強迫的情形下，掩護他離開之後，他將要怎樣對付自己，但這實是不必多問的，以馮樂安的性格而論，他當然不會再留自己在世上！

那也就是說，自己要在他的槍口之下，在幾乎不可能的情形下求生，而絕不能等待他來向自己大發慈悲，放自己一條生路！

她一面想著，一面向外走去。

雨仍然十分大，木蘭花來到門外，身上已經全濕了，她打開前面的車門，馮樂安拉開車後的門。

木蘭花回頭看了一眼，軍用槍的槍口仍然對準了她的身子，她連妄動一下的機會都沒有，木蘭花只有默然地上了汽車。

汽車在雨中向前駛去，木蘭花好幾次想引馮樂安講話，可是馮樂安卻一聲不出，絕不回答木蘭花所提出的任何問題。

木蘭花已經知道對方是一個極難應付的人，她也不再出聲。

十五分鐘後，車子來到了通往機場的大路之上。

在這條大路上，當真可以說得上是五步一崗，十步一哨，汽車才一轉入路口，便有一個警官帶著兩個警員將車子攔住了。

木蘭花絞下了車窗，那警官還未來到車前，一看到是木蘭花，立即立正，敬禮，揮手令車前的兩個警員退了開去。

他竟不再多向車中看一眼，便立即讓車子通過去了。

這本來是一輛警方的車子，車子是馮樂安盜來的，車子被盜事件還未被發現，再加上駕車的是木蘭花，那自然是不會受到任何盤查的！

一直向前去，碰到了七八個崗哨，每一個負責的警官看到了木蘭花，都是敬禮而退，沒有一個人有絲毫的懷疑。

二十分鐘後，汽車來到機場的大門口。

一個高級警官走前來，木蘭花又停下了車子。

「咦，蘭花小姐！」那警官驚詫地叫著。

「是啊，是我。」

「局長正在找你，你家中的電話沒有人接聽，那是為什麼？局長已派人上你家去了，你上機場，可是有要緊的事情？」

木蘭花回頭看去。

她看不到馮樂安，馮樂安當然是縮下身子，躲起來了，但是她的第六感卻告訴她，那柄手槍仍然指著她的背後，當然木蘭花可以猛力推開車門，向外跌出，但是馮樂安所持的，卻是一柄殺傷力極強的大口徑軍用手槍。

「不錯，」木蘭花只得點頭，說：「我要進入機場。」

或許是木蘭花的態度相當緊張，或許是由於這警官極之機靈，那警官在突然之際向後退了一步，猛地拉開了後面車門。

然而，就在他拉開車門的同時，「砰」地一聲巨響，槍響了。

槍聲一響，那警官的身子向後直翻了出去，而當他倒地之後，他右半邊身子幾乎已不見了！

木蘭花猛地轉過身來，可是還冒著煙的槍口，已經指著她了！如果那警官在拉車門的時候，曾經給木蘭花暗示的話，那木蘭花一定可以同時逃出車外的。

但是那警官卻在一覺出事情有異之後，立即拉動車後的車門，木蘭花沒有得到任何的暗示，自然也未能利用這千載難逢的機會。

「快開車，左轉！」馮樂安面色鐵青地命令。

木蘭花略為猶豫了一下，轉過了身去。

但是她還未發動車子，槍聲已從四面八方傳來，車窗碎了，車輪被射穿了，十幾個警員將車子團住，車子也被射壞了。

「下車！」馮樂安命令著。

木蘭花打開車門，走了下去。

木蘭花的出現，使得警員全都呆住了，他們全是認識木蘭花的，木蘭花在車中？木蘭花會射殺那個高級警官？他們的心中全都充滿了疑問。

但是他們立即就明白了，因為馮樂安立時走了出來，漆黑烏亮的槍管離木蘭花的背部，只不過三呎，而握槍的手指，則緊緊地扣住了槍機。

人人都可以看得出，握槍的手指已將槍機扳下了一小半，只消再用那麼一點小力，子彈便立時會飛向木蘭花的身子！

他們又向木蘭花望去，在這樣的情形下，木蘭花居然十分鎮定，但是她美麗的臉龐卻十分蒼白，她的臉上全是雨點凝成的水珠。

而在木蘭花身後的那柄是什麼類型的槍，在一旁的警員自然也是認得出來的，他們不由自主發出了一致的驚嘆聲來。

這時候，任何一個警員如果放槍的話，自然可以輕而易舉地射中馮樂安的，但馮樂安在中槍之前，必然會先將木蘭花殺死！

馮樂安的左手，還提著一個相當大的旅行箱，可想而知，這個旅行箱中所放的，除了巨額的現款之外，就是劫自「水晶宮」保險箱中的珠寶了！

擊倒馮樂安，可以說是人贓並獲，而人贓並獲的話，那自然是極大的功勞。但是，這時候卻沒有人想立這個大功。

他們並不是不想立這樣的大功，而是他們全顧及木蘭花的安危，他們非但不敢開槍，而且還不約而同地向後退了開去。

木蘭花是他們警方上上下下所愛戴的人，警官和警員非但不想在這時候殺馮樂安，而且還怕離得馮樂安太近，使馮樂安的精神緊張，因而手指一緊，木蘭花便性命難保了。

在這剎那之間，整個機場的活動似乎都停止了。

本來，機場上已滿佈警員，由於頒下了特別命令，連正常客機飛行也取消了，理由是「天氣不良」，候機和接機的人都接受警方的勸導離去了，機場中密佈了警方的人馬。

近的，自然看到了發生了什麼事；遠的，也給突如其來的緊張驚得停止了動作，而立即便從耳語中知道了事情的真相。

整個機場的空氣，幾乎全在凝結之中。

然而，一陣突如其來的摩托車聲衝破了雨聲，來到了近前，方局長從摩托車的「船」中跳了出來，高叫：「蘭花！」

他沒有穿雨衣，全身都濕透了。

他叫了一聲之後，也立即停住了。他是個槍械的專家，自然可以看到木蘭花此際處境的危險，那使他不能再向前去。

在那緊張得每個人的每一根神經都繃緊到不能再緊的情形下，木蘭花開口了，她的聲音，鎮定得使每一個人都覺得不正常。

「秀珍怎樣了？」她問。

「她醒過來了，可是還不十分清醒，我派人將她送到醫院去了。」方局長回答：「蘭花，你……這人……你要小心！」

方局長也知道自己這方面的人雖多，但是在這樣的情形之下，卻是無能為力的，所以他除了囑咐木蘭花小心之外，一點辦法也沒有。

「方局長，」木蘭花甚至笑了笑，說：「你放心。」

「好了，」馮樂安冷酷地道：「向前走。」

木蘭花鎮定地向前走去，她一走，馮樂安立即跟在她的後面，在他們前面的警員自動地分了開來，讓他們走過去。

除了「嘩嘩」的雨聲外，什麼聲音也聽不到。

他們兩人在向前走著，他們身後的警員也越跟越多，馮樂安大喝道：「別追上來！」

方局長雙手一攔，道：「別走了，……蘭花！」

「方局長，你請放心！」木蘭花聽出了方局長聲音中那種近乎絕望的傷心，她只好這樣安慰他，因為她還沒有想到對付的辦法。

他們繼續向前走著，在他們經過的時候，有的警官甚至情不自禁地高聲叫了起來，但總是叫到一半便立時煞住。

又過了十五分鐘，木蘭花看到那架單翼飛機了。

那架飛機是小型的單翼機，速度相當高，但是在這樣惡劣的大雨天，是無論如何不適宜駕駛這樣的小型單翼機的。

木蘭花一直走到機前才停了下來。

「上機去！」馮樂安簡短地命令。

「馮樂安先生，在這樣的天氣，你想駕駛這樣的飛機，這和自殺實是沒有多大的差別。」木蘭花一面攀上機身，一面說著。

「當然，我知道，但是超越的技術可以補救天氣的惡劣，如果我不離開這裡，那等於是死定了，你說可對麼？小姐！」

「不錯，這是一場賭博——」木蘭花掀起了機艙的穹頂，轉過頭來，「只不過是一場你沒有必勝把握的賭博而已。」

馮樂安仰著臉看著木蘭花，木蘭花考慮過在那一瞬間跳進飛機去，放下穹頂，躲避馮樂安的射擊。但是馮樂安必然還會開槍，只消一槍，飛機的油箱便會著火，那麼，自己仍是沒有機會逃生的，木蘭花不會採取這種冒險的辦法的。

而且，這時候的情況看來雖然和剛才一樣，她仍然在巨型的軍用手槍的指嚇之下，但實際上，和剛才卻不同得多了。

所不同的是：事情對木蘭花有利了！

6 機上驚魂

看馮樂安命令木蘭花上機的情形，馮樂安是要木蘭花駕駛飛機，掩護他逃走，以防止空軍飛機對他的截擊。

然而，當他和木蘭花一齊上了飛機之後，他的優勢便消失了。

本來，他的優勢是在於巨型的手槍，但在飛機上，是不能用槍的。

他若是在飛機上用槍的話，唯一的結果，就是同歸於盡，馮樂安絕不會不知道這一點，而在那樣情形下，木蘭花就有機可乘了。

所以木蘭花在機艙上停了一停，道：「我坐在什麼位置上？」

「由你駕駛飛機。」

「好。」木蘭花坐到了駕駛位上。

馮樂安立時爬上來，手中仍然持著那柄槍，他仍然拿槍對準了木蘭花，命令木蘭花發動引擎。

那架飛機的性能十分好，木蘭花輕而易舉地便讓飛機在跑道上向前滑去，兩分鐘之後，飛機已開始向上升了起來。

由於天氣的惡劣，飛機在一升空時，便如同在巨浪上的小舟一樣顛簸了起來，馮樂安坐在木蘭花的旁邊，但是他盡量離得木蘭花遠些。

他手中的槍還對著木蘭花。

「先生，」在飛機已升高了七百呎之際，木蘭花微微一笑，「你的手槍可以收起來了，它徒然令你精神緊張，是不是？」

「是的，但你別忘記，只要飛機著陸，我手中的槍便又可以使你就範了。」馮樂安冷冷地說著，神色十分得意。

「的確是一個厲害的傢伙！」木蘭花心中道。

「那麼，請問飛機要飛向何方？」

「向南，向公海飛去，留意海面上的信號。」

「海面上的信號？那是什麼意思？」木蘭花的心中十分奇怪，因為她一直當作馮樂安的逃亡是倉卒決定的事，可是，如果海面上竟有什麼人在等著他的話，那麼他的行動便是完全有計畫的了。

木蘭花想到了這一點，便不能不吃驚了。

她從剛才和馮樂安針鋒相對的對話之中，已經知道馮樂安是一個極其厲害的人，眼前他的手槍雖然沒有用，但是仍然不失鎮定，只從這一點上，便可以看出他是與眾不同的了。

如果他還有接應的話，自己豈不是更要處於下風？

木蘭花迅速地轉著念，道：「這架不是水上飛機，就算有信號，那又怎樣？難道我們的飛機還可以在海上降落麼？」

「這個不用你擔心，你看！」

他一面說，一面迅速地解開雨衣的鈕釦，木蘭花看到了他胸前交叉地綁著兩條皮帶！

即使是絕無航空知識的人，也可以知道那是降落傘的帶子！馮樂安果然是有備而來的，他竟早已算好了事情發展的每一個步驟！一等到信號出現，他自然立即向下跳去！

木蘭花甚至可以斷定，飛機是一定不夠回程的燃料的！

木蘭花立即向指示燃料的儀表看去，指針距離「零」已經十分接近了，就算現在立即飛回去，只怕燃料也不會夠！

大家在飛機上，看來處境是一樣的，但實際上卻是大不相同，馮樂安有降落傘，有在海面上接應他的人，而木蘭花卻什麼也沒有！

向下面看去，大雨使得海面如同一片雲海一樣，什麼東西都看不清楚，望下去，只是灰濛濛的一片，木蘭花只不過考慮了兩秒鐘，便有了決定。

她緊抱住駕駛舵的雙手猛地一鬆，這類飛機是沒有自動駕駛系統的，需要駕駛人小心謹慎的操縱來飛行，木蘭花早已料到了這一點，這也是她為什麼突然鬆手的原因，她一鬆手，飛機的頭部突然向上翹了起來。

飛機的不平衡來得極其突然，木蘭花和馮樂安的身子猛地向上一仰，而在這時候，木蘭花踏下了腳掣，飛機機艙的穹頂打了開來。

在那不到一秒鐘的時間內，所發生的變化實在是太大了，穹頂一打開，勁風狂雨挾著極強的力道迎面撲了過來。

飛機是在約莫八百呎的上空，以極高的速度在向前飛，在那一剎間，飛機失去了控制，本已使人要把持不住的了，更何況暴風驟雨在驟然之間一齊襲到！

馮樂安怪叫了一聲，然而他那一聲怪叫，全被風雨逼了回去，聽來只像是一聲悶哼，不等木蘭花奪他手中的槍，他便拋棄了槍，一手提著珠寶現鈔，一手卻緊緊地握住了椅子的邊緣，他如果不這樣做的話，他一定會被高度飛行的飛機拋出艙外去了。

同樣的，木蘭花也必須以一隻手抓住椅子，她的腳踏下去，穹頂闔上，木蘭花的左手也握住了操縱桿，上翹的機首忽地又向下俯，令得馮樂安的身子陡地向前撞去，飛機的機首由上翹而變得下沉，木蘭花的身子也不免要向前撞去。

但是木蘭花早有準備，她用力穩住了身子，所以她的頭雖然撞在機艙上，卻只是一陣劇痛，而並沒有立時昏過去。

但是馮樂安卻不同了，這一切變化，全是木蘭花操縱發動的，木蘭花自己可以預防，但是馮樂安卻是沒有法子預防的，他只能憑機智來應變。

當機首突然上昂，窩頂打開，風雨交加，彷彿到了地球末日之際，馮樂安能夠立時將手槍拋去，抓住椅子的邊緣，那已經算不容易了！

但是，緊接著機首向下，他卻來不及應變了，他的身子猛地向前撞去，「砰」地一聲響，頭部撞在機艙上。

那一撞令得他立時昏了過去，木蘭花一手勉力操縱著飛機，一面將他的身子翻了過來。

當木蘭花將他的身子翻過來之際，有一件事情令得她陡地一呆，只見馮樂安左眼的眼珠竟然整個地跌了出來，而且，那隻假眼珠的背面，連接著許多小得不能再小的電子儀器的零件，又有一條極細的線，通到馮樂安的脅下。

這是什麼意思？木蘭花立即自己問自己。

但是，在如今這樣的情形下，她卻沒有辦法可以去尋求答案了，馮樂安隨時可以醒來，而飛機上的汽油也不多了。

她一手操縱著飛機，一隻手將馮樂安身上的降落傘除了下來，綁在自己的身上，這費了她大約三分鐘左右的時間。

當她綁好了降落傘之後，她看到馮樂安已在揚手了，木蘭花不再等候，一手提起了馮樂安不肯離手的那個旅行箱，踏下穹頂的開關。

也就在這時候，她看到海面上有強烈的黃光在一閃一閃，那便是馮樂安所等待著的「信號」了。

穹頂一打開，驟雨潑了進來，馮樂安立時醒了過來，他一伸手，便抓到了那枝槍，但這時候，木蘭花已經向機艙外躍出去了！

木蘭花一躍出艙，便聽到了一下槍響。

木蘭花並沒有回頭去看，事實上，高空的驟雨打得她睜不開眼來，除了向下看去，勉強可以看到海面上閃耀的黃光，就在自己的腳下之外，幾乎什麼也看不到了，算來，這時候正應該是上午十一時左右，如果是黑夜，那更不知怎樣了。

木蘭花雖然未能看到馮樂安怎樣，但是她只聽到了一陣飛機聲向外傳了開去。飛機聲有過極短暫的時間不正常，但立即恢復了正常。

這說明在木蘭花躍出了機艙之後，馮樂安立即向木蘭花開了一槍，槍彈是從打開了的穹頂中射出的，並未曾損及飛機。

當然，這一槍也未曾射中木蘭花。

而馮樂安在射了一槍之後，他立即便操縱了飛機，使得飛機繼續向前飛去，這就是機聲為什麼立時恢復正常的原因。

木蘭花不敢立刻打開降落傘，因為她立時打開降落傘的話，目標太大了，馮樂安若是掉轉機頭向她撞來的話，她是有死無生的。

木蘭花的身子一直向下落著，她在跳出機艙的時候，曾看過儀表上飛機的高度，一跳下去之後，她便在心中數著數字，計算時間。

所以，她可以知道快要接近海面的時間。她在估計離海面一百呎時，打開了降落傘。

她下降的速度立時減低，不一會，她便已落在海中了。

大雨中的海面簡直是一個奇觀，雨點打在海面上，又濺了起來，形成了無數小而密的水柱，但是看來雖然好看，對浮在海面上的人來說，卻不怎麼舒服了。

木蘭花解開降落傘，她看到了前面的黃光，同時也聽到了一艘摩托艇的聲音，在迅速地向自己傳了過來，她還未曾看到那艘向她駛來的摩托艇，便聽得一聲巨響，海面猛地震盪了一下，一架飛機直插進海水之中，看不見了。

木蘭花吸了一口氣，馮樂安葬身海底了。

這旅行箱在自己的手中，贓物已經追了回來。可是自己如何回去呢？

摩托艇的聲音越來越近了，木蘭花已可以看到一艘摩托艇，冒著風雨向自己駛了過來，木蘭花的心中不禁十分躊躇起來。

摩托艇當然是來接馮樂安的。

海面上的接應人員自然無法知道空中發生的變故，那麼，自己應不應該上這艘摩托艇呢？木蘭花躊躇的，就是這一點。

不上這艘摩托艇，要躲起來，那自然是輕而易舉的事情，但是海水茫茫，在海面上漂流，生存的希望，可說是微乎其微。

如果上這艘摩托艇的話——

木蘭花想到這裡，只覺得心中陡地一亮！

她突然想到，馮樂安在「水晶宮」賭場中活動時的夥伴已經全死了，而在海面上的那批人，可能是馮樂安臨時約定的助手，那麼這一批人未必認得自己。

當然，他們看到了自己之後，會覺得十分訝異，但是自己可以說，是馮樂安派自己來的，地點、時間、飛機，什麼都好，這些人只知道飛機墜了海，又怎知馮樂安在飛機之內？自己的身分，他們當然不容易戳穿，那麼，自己就可以回去了。

木蘭花在極短的時間之內便有了決定，她立時揚起手，高叫起來。

摩托艇辨正了偏向，對著她直駛過來，在她的身邊減慢了速度，拋下救生圈。

當木蘭花被拉上摩托艇的時候，艇上兩個膚色黝黑，難明國籍的人，奇怪地望著她。

「快回大船去，」木蘭花大聲叫著：「望著我做什麼？我還沒有浸夠麼？」

「小姐，你是——」一個人猶豫地問。

「我是他的代表！」木蘭花含糊地回答。

她甚至不提「馮樂安」這個名字，因為馮樂安在和他們約定時，可能是用另一個假名，如果她說錯了，反倒有破綻了。

那兩人「噢」地一聲，不再多問。

摩托艇向前疾駛而出。

不到十分鐘，便看到了一艘炮艇，那的的確確是一艘小型的炮艇，這個發現，令得木蘭花十分吃驚。

在她想來，接應馮樂安的，應該是一艘大型的遊艇，如今卻是炮艇！灰色的艇身在雨霧中看來，像是一個醜陋的怪物！

摩托艇迅速地靠近炮艇，到了這時候，木蘭花已沒有考慮的餘地了，她不等人扶，便一步跳了上去，剛在甲板上站定，一個人便從艙中走了出來，道：「歡迎，歡迎，你終於——」

可是那人講到了一半，便陡地呆住，不講下去了。

那人當然要呆住的！他一心想來迎接馮樂安，可是如今站在他面前的，卻是一個年輕的小姐！這種出乎意料的事情，怎能令他不發呆？

水蘭花這時也已看清那個人了。

那是一個中年人，滿面橫肉，鷹鉤鼻，濃眉，這是一個凶殘而機靈，像鷹一樣的人，他穿著一件粗布的水手服裝，看來十分粗豪。

這人第一眼，便給人他是首領的感覺，木蘭花知道他一定是這艘舊炮艇的首腦了，她毫不猶豫地將自己的纖手交到那人的大手之中，道：

「好了，總算到了，請你快吩咐手下，讓出一個地方來，給我將身上的濕衣服換去——對了，我還要向你借一套衣服哩！」

「小姐——」那人猶豫了一下。

「我是他的代表。」木蘭花仍以那句話來搪塞。

「可是，我和他最後聯絡時，他說是他親自來的。」

「在最後一秒鐘發生了變故，喂，你是不是不肯替我服務？」木蘭花裝出極其不耐煩的情形來，用美麗的眼睛瞪著那人。

「當然不是，」那人有禮貌地彎下了腰，「卡登船長願在航程中聽候你的指揮，小姐的稱呼是——」

「我姓王。」木蘭花順口道。

「王小姐請進來，船正在駛向馬尼拉的途中，王小姐請放心，一切將是極其順利的。」

卡登船長一面說，一面引導木蘭花，進了一個小小船艙。

他又吩咐一個水手，拿來了一套乾衣服。那自然是粗布的水手服。木蘭花關上艙門，將濕衣服全換下來，穿上了乾衣服，那套衣服十分大，她要捲好幾摺衣袖和褲腳才勉強合身。

她在換衣服的時候，心中在思忖著：船原來是要駛往馬尼拉去的，那很好，自己也不必更換這個決定了，到了馬尼拉，自己便有辦法了。

這艘舊炮艇，這個卡登船長，都透著一股邪氣，他們大概是走私客，說不定還有更大的罪惡活動，總之不會是正經人就是了。

木蘭花換好了衣服，仍然提著那旅行箱，開門走了出去，她走出了那個小艙房，便發現幾個人以十分奇異的一種眼光望著她。

木蘭花一接觸到這種眼光，心中便是一凜。

她是個警覺性十分高的人，立時之間，她已知道事情又有什麼不對了。

她停了一停，道：「卡登船長呢？在什麼地方？」

其中一個水手突然向著她一笑，道：「卡登船長正和一個客人在一起——」

另一個大聲叱道：「閉上你的臭嘴！」

那兩個人的話，更令得木蘭花極其疑惑！

這是什麼意思？除了自己之外，卡登船長何以還有客人？那客人是什麼人？為什麼船上的水手都對自己不懷好意？

突然間，木蘭花心中一亮，她想起了，那飛機有蹊蹺。

她此際已經想起，那架飛機並不是油盡落海的，因為燃料還可以支持十分鐘左右，而飛機落海卻是在她一落到了海面就發生的事！

那說明了一個問題，馮樂安是將飛機降低到接近海面的程度，然後才躍入海中的，他已經幸運地被艇上的人救了起來——這一切，大概都是在自己換衣服時所發生的事情，這時候，卡登船長當然是和馮樂安在一起了，除了是馮樂安之外，還有什麼客人？

木蘭花極之縝密，極其機靈的推理能力，使她在危急的情形之下可以正確地判斷情況，以應付突然其來的變化。甚至於在變化還未曾發生的時候，便已經有了應付的辦法，這便是她時時能夠在極其危急的情形之下安然無恙的緣故。

她並不是神通廣大，打不死的奇人，而只是一個有著極其精密頭腦，因之可以應付一切大小事變的　個聰明女子！

她知道卡登船長和馮樂安兩人立時要來對付她了（馮樂安可能還要休息一會），炮艇上全是他們的人，自己首先需要一柄槍！

她向那幾個水手望去，她臉上帶著若無其事的神色，她的那種微笑，甚至使得已明知她身分的那幾個水手，也略略減少了戒備之色。

那幾個水手都沒有槍，她想搶奪也無從搶奪起。

就在這時候，卡登船長向她走過來了。

卡登船長滿面笑容，一面走過來，一面道：「王小姐，委屈你了，令你那麼美麗的人穿著那麼粗陋的水手衣服！」

卡登才一出現，木蘭花便已看到他的腰際有槍，而木蘭花也可以在卡登的眼色中看出，他的笑容完全是假裝的，然而她卻不動聲色迎了上去，道：「是麼？我們什麼時候可以到馬尼拉啊？」

「很快就可以了！」

卡登船長到了木蘭花的身前，佯作親熱地在木蘭花的肩頭上一拍，他拍了一下，揚起手來，又準備拍第二下。

木蘭花幾乎可以斷定，他第二下一定是伸手向自己抓到，要將自己摔倒的了。木蘭花當然不會允許他抓住自己的。

她先下手了，就在卡登揚起手來之際，木蘭花猛地一揚手，已抓住了卡登的手腕，同時，她左手的旅行箱向卡登的面上砸去。

那旅行箱是鐵鑄的，十分沉重，當它砸中卡登面部的時候，發出了一下極其難聽的骨裂之聲，木蘭花緊接著一個轉身，手臂猛地一抖，已將卡登船長摔得直挺挺地倒在地上，接著一俯身，將他腰際的槍搶到了手中。

卡登船長一倒地，五六個水手便一齊向前圍來。

但木蘭花掣槍在手，毫不猶豫地便放了一槍。

槍聲令得他們一齊向後退去，木蘭花一個箭步躍開了幾呎，靠住艙壁，以防有人自背後來攻，她喝道：「卡登，快起來！」

卡登船長面上血肉模糊，呻吟著站了起來。

「馮樂安來了，是不是？快叫他出來！」木蘭花下令。

可是她的話才講完，卡登還沒有回答，便已經聽得馮樂安的聲音傳了過來，道：「不必了，我已經在你面前了！」

木蘭花陡地抬起頭來。

她只來得及看清馮樂安的手中，握著一柄手提機槍，就那麼一瞥之間，手提機槍的槍口便已冒出了火舌，驚心動魄的槍聲震撼著整個炮艇！

木蘭花在一看到了手提機槍之際，便立即一個打滾，向旁滾了開去，她剛才站立的地方，艙壁立時成了一窩蜂巢。

木蘭花滾開之後，恰好來到一個門口，她已沒有多考慮的餘地了，一側身便滾了進去，立時「砰」地一聲，將門關上！

木蘭花滾進炮艇中的一個艙房，還未曾來得及打量那是什麼地方，便聽得身後有人驚惶地問：「什麼事？什麼事？」

木蘭花回頭一看，才看到那是一間頗大的房間，放著許多雙層床，看來是水手的臥艙，有一個水手從床上探起頭來問她，艙中只有他一個人。

木蘭花迅速地拴好門，向後退去。

那個水手顯然也覺出不妙了，他手在鋪上一按，跳了下來，落在木蘭花的身後，舉起手來，狠狠地向木蘭花的頭頂劈了下去！

但是，木蘭花早已有了準備，她甚至不轉過身來，左臂猛地向後一縮，左肘撞在那水手的腹際。

那水手受了這一擊，慘嘷一聲，雙手按住了腹部，彎下腰來，木蘭花倏地轉身，槍柄已向著那人的後腦陡地敲下，那人連聲都未出，便倒了下去。

木蘭花身子一縱，便跳上了雙層床的上鋪。

她的動作果然有先見之明，她才一跳上上鋪，門口便響起了一陣驚心動魄的槍聲來，槍彈搖撼著艙房的門，將艙房的門猛地彈了開來。

然後，手提機槍的子彈如同豪雨也似地向前灑來，幾乎艙房中任何角落的東西，在半分鐘之內都遭到了破壞。

但是由於木蘭花已經跳到了上鋪，在接近艙房的頂部。

她所在的高度，是在人的身高之外的，掃射進艙房來的子彈，最高也未過七呎，那是開槍的人想不到木蘭花會躲在那麼高的原故，木蘭花才暫時未曾遭受到什麼危險。

然而她知道，自己的安全也是暫時的，所以她深深地吸了一口氣，射出了一槍，她這一槍，並不是射向持槍的人。

她那一槍，射向正在噴火的機槍！

在震耳欲聾，驚心動魄的機槍聲中，木蘭花開槍的那一下聲響幾乎聽不到。但隨著子彈的飛出，只聽得一下異樣的爆裂之聲陡地傳了過來。

而緊接著那一下爆裂之聲的，乃是死一般的寂靜。

然後，又是驚人的呼叫聲，等到呼叫聲停止了之後，木蘭花仔細向外看去，連她自己看到了門外的情形，也禁不住打了一個寒噤。

她看到有「半個人」躺在血泊之中。

7 最安全的地方

那真是半個人，由於木蘭花的那顆子彈，恰好射中了機槍，引起了槍筒本已灼熱的機槍發生了爆炸，將那個持槍人的上半身完全炸去了。

那柄手提機槍，當然也只剩下了一點殘骸。

木蘭花看到了那人的下半身，她便可以斷定，那人並不是馮樂安！倒有點像卡登船長。

本來機槍是在馮樂安手上的，當然是卡登船長搶了過來，所以才死在機槍的爆炸之下。

木蘭花輕輕地翻了下來，迅速地掩到了艙房的門旁。

那扇門上已經穿了百來個圓孔，門關不關，是沒有什麼作用的了，木蘭花站在門旁叫道：「卡登船長已冤枉送了性命，你們還不知死麼？」

她話才一講完，走廊轉角處便有一柄槍伸了出來。

那持槍的人顯然十分害怕木蘭花，不但他的頭不敢探出來，連他的手也只現出了一半，在這樣情形下，他當然是無法瞄準的。

「砰！」「砰！」他亂放了兩槍。

木蘭花心中只覺得好笑，她瞄準，還槍。

「砰！」那一槍的子彈，使那人扣在槍機之上的手指消失無蹤，同時，那柄槍也「卜」地一聲裂了開來，又傳來了一下驚呼聲。

木蘭花估計，這柄手槍的爆裂大約又傷了幾個人。木蘭花心知自己雖然勢孤，但是一上來便聲勢如虹，佔了極大的上風，對方人雖多，由於氣餒，自己是可以將他們嚇住的。

她立即道：「你們別不自量了，本來事情和你們並沒有關係，全是馮樂安弄出來的事，你們只要將他交出來就行了。」

木蘭花的話講完之後，只聽得得轉角處靜了一會，然後，突然爆發出一陣激烈的打鬥之聲，木蘭花知道自己的話已經生效了。

又過了不多久，似乎有人奔出去的聲音。接著，木蘭花看到有一塊白布在轉角處伸了出來，向前面揚著，那表示船上的人投降了。

木蘭花道：「好，你們將馮樂安押出來吧。」

一個人揚著白布走了出來，道：「他奪到了一隻救生艇，逃走了。他既然已經逃走了，事情也就與我們無關了，是不是？」

木蘭花皺了皺眉頭，她知道要在這一群彪形大漢的水手中，「奪到救生艇逃走」，不要說馮樂安，只怕自己也難以做得到！

但是馮樂安已不在這艘炮艇上，那倒是可以相信的事情，馮樂安多半是被炮艇上的匪黨放走的，這是基於一種匪徒間「義氣」的行動。

木蘭花雖然感到馮樂安漏網將引起無窮後患，但是她還是裝著若無其事地道：「是麼？他逃走了，好，我接受你們的投降。」

那人和七八個水手陸續向前走來。

不出木蘭花所料，由於機艙爆炸而死亡的，正是卡登船長，而這艘炮艇則是幹走私勾當的，當然，有可以賺錢的其他事情，不論是不是犯法，他們一樣幹的——如這次在海上接應馮樂安，並將他送到馬尼拉去，亦是他們這艘炮艇的「業務」之一。

而且，這艘炮艇本身，也是卡登船長和他的夥伴從美國海軍中偷出來的。卡登船長是一個十分聰明的人，可惜他卻不走正路。

木蘭花迎著那些人走了過去，道：「你們將我送到馬尼拉去。」

那手中持著白布的人道：「我們雖然投降了，但還是有條件的，如果你不答應，那我們只有在海上再拼下去了。」

「你說。」

「你不能將我們交給警方。」

「嗯！」木蘭花略一考慮，便道：「好。」

那七八個人都鬆了一口氣。

「可是，」木蘭花又道：「你們幹這種非法的事，總有一天會落入法網之中的，我不相信你們竟連這一點也不知道。」

那幾個人都不出聲，顯然木蘭花的話已打動了他們的心，他們幹違法的事已幹了那麼久，卻也絕不是一兩句話便能勸他們回頭的。

「小姐，我們要去駕駛了，在離岸三浬處，我們停泊後，請你自己駕駛小艇上岸，」那持白布的人將白布拋去，道：「好不？」

「好，要你們送到岸邊，本來就不可能的。」

七八個水手散了開去，木蘭花知道那幾個人不想再多生事端的原因，一定是這裡的海域已離岸邊不是十分遠了。

可能這裡是在菲律賓水警的巡弋範圍內，若是水警聽到了槍聲，追了上來的話，那他們便無所遁形，難以逃脫了。

所以，木蘭花在換回了她自己的衣服，檢查並未曾失去什麼之後，便放心地在甲板上慢慢地踱步，站到了艇首，迎著炮艇飛速前進時所濺起來的浪花。

果然，沒有多久，她看到前面出現了一排黃色的燈，那告訴駕駛者，前面不遠處便是陸地了。

事實上，向前看去，在黑暗中也隱約可以看到燈光了。

木蘭花轉過身來，走向艇舷，一艘裝有引擎的小艇，正在緩緩落下，等到小艇被放到了海面，木蘭花提著那只放滿了寶物和現鈔的箱子跳了下去。

她立即發動引擎，小艇划開海水向前駕去。

海面上十分黑暗，幸而風平浪靜，使木蘭花可以認定了燈光向前駕去，約莫過了半小時左右，她看到左側有一艘長約三十呎的快艇駕了過來，那艘快艇來勢非常之快，船頭的浪花濺得極高，木蘭花剛覺出有異間，快艇已到了離她只有二十碼之處了。

從快艇上射下來的很強烈的燈光，照得她連眼睛也睜不開來。

木蘭花的第一個念頭是：這是一艘警方的緝私船，但幾乎是在同一個時間之內，她便否定了自己的這個想法！

因為她這時雖然被強烈的燈光照射得睜不開眼來，但是她的聽覺還未曾失靈，她聽得出，那快艇還在向前高速地駛了過來！

那快艇是要將她的小艇撞沉！

木蘭花覺得事情太不尋常了，她可以考慮決策的時間已不過五秒鐘了，她勉力睜開眼來，向強光燈放了一槍，那一槍過後，眼前便陡地成了一片黑暗。

就在那一瞬間，木蘭花便感到了一陣劇烈的震盪，她整個人在這個震盪之中被遠遠地拋了開去，落在海中。

木蘭花的神智十分清醒，她在被那種劇烈的震盪拋起來的時候，左手仍緊緊地握著那只箱子，右手還握著那柄槍。

在她落海之後，她知道手槍已沒有作用了。所以，她棄去手槍，身子向海水沉了下去，然後，她伸手拉下了一粒鈕釦，用口咬住，這粒鈕釦中的壓縮氧氣，可以使她在水底下潛伏一分鐘左右。

木蘭花本來有一副「人造腮」，利用「人造腮」來吸取水中的氧氣，她足可以在水底下伏上一天，甚至於兩天，但是她是在突如其來的變故中被馮樂安押出來的，當然來不及攜帶笨重的「人造腮」了。

然而，救急用的，含有氧氣的鈕釦，卻是她隨時隨地帶著的，這時便恰好用上了。

木蘭花身上的這些小用具，有時往往是她的救命恩人。就拿現在這時候的情形來說，如果她不能在水中伏上些時，而逼得立即冒出水面的話，那無異是非常危險的事！

她盡可能地向海下面潛去，過了五分鐘左右，方始慢慢地浮上來。

當她的頭才一探出海面的時候，她不禁陡地吃了一驚！那快艇停下來了！停在離她有三十碼處。

強光燈已被木蘭花射熄，但是快艇上還有燈光，她可以看到有六七個攜帶水底武器和潛水配備的人，正在準備下水。

一個高個子在大聲指揮一切。

那高個子的臉，木蘭花看不真切，但是他的聲音，木蘭花卻可以聽得十分清楚，那正是馮樂安，他正在叫道：「人已被拋下海中，你們是看到的了，她可能沒有死，那麼你們的任務，就是先將她殺死，再奪去她手中的箱子！」

「如果她死了呢？」一個人問。

「那你們就在海底尋找那箱子，誰找到那箱子的，我另外給他一千鎊的額外酬勞！」馮樂安揮著手，大聲地說著。

聽到了有「一千鎊的額外酬勞」，那幾個潛水人都紛紛地跳下了海中，木蘭花看到這等情形，心中不禁十分焦急！

她立即知道，自己的處境極其危險！只要給別人發現了她，那麼她的處境便更危險了！

因為她看出，那幾個潛水人所持的是發射力極強的魚槍，那種魚槍是射殺鯊魚用的，她或者可以逃過一兩個人的射擊，但是對方的人數卻十分多！

木蘭花所定下的第一個應付方法是：絕不讓敵人發現！

潛水人一下海便潛了下去，他們多半是假定木蘭花已經死了，那麼他們必然先在海底搜索那只箱子，以取得那一千鎊的額外報酬，在這樣的情形下，大概不會有什麼人注意海面的，那也就是說，浮在海面，反倒更安全些。

木蘭花一想到這裡，立時將身子浮了起來。

當然，她浮上海面，身子有一部份暴露在海水之外，在那艘快艇上要發現她是十分容易的，但是海面十分黑暗，這卻是有利的條件。

自然，若是說就樣浮在海面，便能夠躲過敵人的搜索，那也未免太天真了，木蘭花立即想到，自己必需移動到安全的地方去！

在茫茫的大海中，什麼地方最安全呢？

她不可能游到陸地去，那麼，最安全的地方，自然而然就是那艘快艇了。

面上！

對，她要向那艘快艇游去！

她定睛向前看去，只見馮樂安正在對一具無線電傳話器大聲嚷叫著，不曾注意海面上的情形，可知他雖然狡猾，也未曾想到自己敢行此險著，將身子浮在海面上！

木蘭花輕輕地，但是卻有力地划著水，使得她迅速地向前游了出去。

她漸漸地接近那快艇了。

二十碼……十五碼……十碼……五碼……

就在她離開那快艇的艇身只有五碼左右的時候，在她的左側突然一下水響，冒出一個人頭來，那人冒出的地方，離木蘭花只有五呎的距離，還不到兩碼！

在那片刻之間，木蘭花幾乎窒息了過去。

那人一冒出水面，在快艇上的馮樂安也轉過頭來。

木蘭花只露出半個頭在海面上，她聽得自己的心在登登地亂跳，同時聽得馮樂安道：「怎麼樣，可是找到那箱子了？」

那冒出水面的人取下了氧氣罩道：「沒有！」

「混帳，」馮樂安立時咆哮了起來：「沒有找到，你浮上水面來做什麼，還不下去找，快，天快亮了，你希望我們給水警輪發現麼？」

那人咕噥著罵了一句，又潛下海去了。

在那人潛下海去的一瞬間，木蘭花又浮起了身子，同時雙足一蹬，身子又箭也似地向前射出了好遠，她不但躲過了這一個難關，而且她伸手已經可以碰到快艇的艇身了。

這時候，她已經安全許多了，因為她緊貼著艇身移動，至少在艇上的馮樂安便看不見她了。

木蘭花移向艇尾，到了錨鏈的旁邊，她先將錨鏈慢慢地向下拉，不使鏈子發出聲來，然後，她整個人像無尾熊似地倒掛在鏈上。然後，她才慢慢地向上爬去，到了艇尾。

木蘭花鬆了一口氣，她到了快艇上，到了馮樂安的背後，那她可以說百分之八十的安全了。她休息了一分鐘，仍然提著那只箱子。

她輕輕地向前走著。本來，她是準備走到馮樂安的背後，猛地給馮樂安以一擊。可是當她來到機艙口之際，她卻改變了原來的主意。

她看到機艙中並沒有人，而且她看到那快艇裝置著兩具強力的引擎，這兩具強力的引擎如果一齊發動，可以使快艇達到極高的速度！

當然，那樣高速度所產生的力道，是可以將鐵錨輕而易舉地拉起來的，而且，由於快艇驟然發動，馮樂安怎能不驚惶失措？自己可以在將快艇全速發動之後，交由自動控制系統去駕駛，然後再上甲板去對付馮樂安，那就萬無一失了！

木蘭花改變了主意，身子一閃，便閃進了機艙之內。

在她閃進機艙的十五秒鐘，快艇像是突然掙脫了韁繩的野馬一樣，在一陣猛烈的震盪中，以一種近乎瘋狂的速度向前衝了出去。

浪花從四面八方捲來，重重地澆在機艙的玻璃上，令得木蘭花難以看得清海面上的情形。她按下了自動操縱系統的機鈕，衝出了機艙。

本來，她是準備好和馮樂安再進行一場劇烈搏鬥的，然而，當她走出機艙後，便發覺沒有那個必要了，因為甲板上根本一個人也沒有，無線通話器的設備還在，但是馮樂安卻不在了。

馮樂安當然是被快艇在突然間發生巨大的衝力，弄得滾下了甲板，跌到海中去了，木蘭花不知道他是死還是生。

木蘭花忍不住「哈哈」笑了起來。

她又回到了駕駛艙中，減低了速度，當她想到那些潛水人從海底冒上來，發現快艇已然不在時所產生的狼狽相時，她又不禁笑了起來。

快艇很快地就駛進了港口。

這時，天色也已濛濛亮了。

她無意和當地的警方找麻煩，是以她將快艇的速度減得更低，當她遇到了一艘水警輪的時候，她立即停了下來，使快艇緩緩地接近水警輪。

這艘快艇分明是屬於一個相當有名的犯罪集團的，因為當這艘快艇漸漸接近水警輪的時候，木蘭花看到水警輪上一陣緊張！幾挺重機槍的槍口轉了過來，對準了那艘快艇。

木蘭花走出艙房，站在船舷上，道：「不必緊張，我是從某市來的，要見你們負責人，誰是負責人？」

一個英俊的警官走了出來，那警官一看到木蘭花，便「啊」地一聲，而木蘭花也覺得這個警官看來十分之臉熟，她立即想起，這警官自己的確是見過的。

那是在有一次，偵查一幫匪徒要脅該國政府，要將一批過時的鈔票出售給敵對國的政府的事件中，來到這裡時見過的（詳情請閱《內鬼》一書），但木蘭花卻已記不起他的名字來了。木蘭花立時報以一個十分友善的微笑。

「啪」地一聲，那警官立正，敬禮道：「原來是木蘭花小姐，歡迎，歡迎，但是……你怎麼會在這艘快艇上的呢？」

「這艘快艇有什麼不對麼？」木蘭花已經上了水警輪，她滿有興趣地問：

「這可是一艘十分使人吃驚的快艇麼？」

「是！」那警官回答：「這是一個極大走私集團的三艘快艇之一。」

「那就由我來移交給你們吧，快艇上除了我之外，沒有別人，我想要的條件是，讓我立即和我來的地方聯絡，並且讓我回去。」

「當然，當然！」那警官滿心喜悅讓木蘭花進了指揮艙，又給木蘭花換了身上的濕衣服。半小時後，木蘭花已經和方局長在通話了。

方局長在聽到了木蘭花的聲音後，直跳了起來。

非但方局長像是陡地年輕了幾十歲，連穆秀珍也變得像一個小孩子了，她大叫大跳，木蘭花可以在電話中聽到她怪叫的聲音。

「我立即設法回來，不要到機場來接我了，以免惹起馮樂安同黨的注意——馮樂安可能還沒有死，事情也就沒有完。」木蘭花笑了笑，「叫秀珍不要怪叫，還有，高翔的傷勢怎樣了？」

「很好，高翔已經在迅速的復原中，蘭花，要不要我代你向當地的警方負責人通一個電話，要他們派人陪你回來？」方局長關切地問。

「你將我當作小孩子麼，放心好了！」木蘭花轉過頭去，那警官興沖沖地走了進來，道：「有一架軍機，二十分鐘內就起飛，已經聯絡好了，可以搭載一個人。蘭花小姐，請快些準備，他們說不肯等候，一定準時起飛。」

「方局長，」木蘭花道：「你大概也聽到了？我搭軍機來，你大概可以放心了，是不是？噢，請轉告賭場方面，失去的東西，全在我這裡！」

木蘭花放下了電話，出那個警官和另外兩個警官陪伴著，一齊向機場而去。

在未到機場之前，木蘭花想像中的軍機，一定是十分簡陋的，可是等到她看到那架飛機的時候，她卻為之一呆，那是一架極其豪華的飛機，在飛機的兩旁，甚至還有兩排儀隊。

當木蘭花下車向飛機走去的時候，儀隊全部舉槍致敬，弄得木蘭花十分尷尬，急步向前走去，登上了飛機。

飛機內部更是十分豪華，木蘭花看到一個兩鬢已然斑白的將軍，坐在這個將軍之旁的，則是他許多隨員。

木蘭花一上飛機，那位將軍便向木蘭花點頭招呼，道：「謝謝你，小姐，聽說你曾經使我們的國家免於一次嚴重的經濟危機。」

「那不算什麼，不算什麼。」木蘭花客氣地回答。

她被安排在那位將軍的旁邊，她這才知道，這位將軍是陸軍最高統帥，是出國去訪問的，經過特別交涉，甚至驚動了總統，才特別在中途停一停，送木蘭花回去的。

木蘭花自然覺得十分榮幸，在旅程中，她和那位將軍講了不少話，談的全是有關世界局勢的事情，在木蘭花下機前，那將軍握著她的手，道：「你給了我一個信念，那就是中國在世界上的地位一定會恢復的，這是我從你身上得到的結論。」

這兩句話，可以說是對一個中國人的最高禮讚了。

木蘭花紅著臉，謙虛地推辭了將軍對她的稱頌。她下了飛機，不出她所料，方局長未曾聽她的話，領了許多高級警官，和穆秀珍在一起迎接她。

同樣是在機場，木蘭花被馮樂安押著離開的時候，和她如今提著那只放滿了珍寶的箱子回來時，氣氛可大不相同了。

在歡笑中，「水晶宮」的兩個大股東也擠了進來，木蘭花道：「東西找回來了，我相信有一部份現鈔還在銀行中未及提走，警方可以運用權力將之提出來歸還你，可以說，我的任務已完成了，你所答應的條件，什麼時候實現？」

胖子老闆忙道：「當然，當然，立即實現，立即實現。」

他一面說，一面便待伸手來接那只箱子。但是木蘭花卻將他推了開去，道：「循例，我要先交給警方，然後再由警方發還給你，對不起，請再等上一兩天吧。」

胖子老闆點頭擺腦，退了開去。

木蘭花又向穆秀珍走了過去，伸手在穆秀珍的肩頭上拍了一拍，道：「秀珍，我們又見面了，你想得到麼？」

穆秀珍高興得含滿了眼淚，她的確是高興，但是太高興了，所以便變得想哭了。

她們姐妹兩人，在眾星拱月的情形下出了機場，回到了家中。

一到家中，木蘭花便向穆秀珍詢問她當時被催眠的情形。穆秀珍盡她記憶所及，將當時的情形講了一遍。

木蘭花背負著雙手，踱來踱去，好一會才道：「馮樂安本身是一個電子工程師，我想他左邊的眼睛中，一定是裝置著最新的，由他自己創造的電子儀器，所以才具有這種神奇的力量的。」

穆秀珍不十分明白。

「你不懂麼？透過奇幻的光芒，和可以影響人腦電波的一種微波，那麼，便輕而易舉地可以達到催眠一個人的目的了，」木蘭花解釋著：「我被他注視著，從四樓跌下來的時候，也感到一陣昏眩，這便是受了他電子微波的控制的結果了。」

「那麼，他又怎能逢賭必贏呢？」

「我相信那微小的電子儀器中放射出來的微波，有類似雷達的作用，在遇到了一定的阻礙之後，便會反射回來，而這種微波，又可以透過一定的障礙物，所以他可以知道骰子的點數之和是大還是小，這樣，他自然每一次都贏了！」

穆秀珍點了點頭。

這時，她們的門鈴又響了起來，一個警官挾著一個文件夾，等在門口，穆秀珍忙道：「我不要去開門了，你去吧！」

木蘭花又好氣又好笑，道：「你為什麼不敢去，這位王警官不是我們認識的麼？難道他也是會馮樂安假扮的麼？」

她不好意思地笑了笑，走出去開了門。

王警官走了進來，道：「蘭花小姐，這是有關馮樂安的一切資料，是方局長叫我送來的，請你收下。」

木蘭花忙道：「多謝你了。」

玉警官轉身，走了出去。

木蘭花打開了文件夾，也就在這時，電話鈴又響了，穆秀珍拿起了電話，那邊傳來的是一個十分深沉的男子聲音。

「請木蘭花小姐聽電話。」

「你是誰？」

「木蘭花小姐聽電話。」那邊堅持著。

「噯！」穆秀珍狠狠地放下了電話，「蘭花姐，你的電話，又不肯說他是什麼人，鬼頭鬼腦，八成不是什麼好東——」

她話還沒有講完，木蘭花便瞪了她一眼，嚇得她不敢再講下去了。

木蘭花合上了那只文件夾，站了起來，拿過了電話。「我是木蘭花——」她只講了一句話，便陡地呆了一呆，面色也為之一變。

這是因為那邊的聲音道：「我是馮樂安。」

「你好！」木蘭花立即恢復了鎮定。

「很好，總算沒有淹死，小姐，我們是會再見的。」

「好啊，什麼地方，什麼時候？」

「小姐，我想這應該由我來決定，並且暫時要保守秘密，」馮樂安狠狠地說著：「我想你大概不致於反對的，是麼？」

他才一講完話，便收了線。

木蘭花拿著電話呆了片刻，才放下了電話。

「那是什麼人啊？」穆秀珍已等得不耐煩了。

「馮樂安。」木蘭花簡單地回答，又去翻閱文件了。

穆秀珍驚訝地張大了口，想說什麼，可是卻又未曾說出來，她呆了好半晌，道：「他打電話來，究竟是為了什麼？」

「為了挑戰。」

「好傢伙，他敢？」

「他已經向我挑戰了！」

「那麼就讓他頭破血流。」穆秀珍握著拳頭。

「事情恐怕沒有那麼容易，你看，這裡記載著有關他經濟來源的資料——」木蘭花指了指文件，「義大利的黑手黨，東方某大國的特務機關，都按月津貼他十分巨大的數字，那是為了怕他和他們搗蛋，而他還來拚命搜刮錢財的原因，是因為他要籌組一個職業特務黨，需要鉅量經費的原故！」

木蘭花抬起頭來，望了穆秀珍一眼，才繼續道：「要對付這樣的一個人，並不是容易的事情，尤其是，他還是一個傑出的電子科學家！」

「那麼，你答應他的挑戰了沒有？」

「人家既然挑戰了，我能不答應麼？」木蘭花仍然在看文件，但是她的語氣卻是十分肯定，聽了給人以十分安全的感覺。

「那麼，他什麼時候來找我們呢？」

「不知道，甚至於連他在什麼地方，我們也不知道，但是想來，他一定不會立即就發動的，他一定要經過一番周詳的佈置——」

木蘭花才講到這裡，突然站了起來。那只放在她膝上的文件夾也落了下來，裡面有關馮樂安的資料撒了一地，她也不去拾，只是出神地站著。

這種舉動，和木蘭花泰山崩於前而色不變的性格，可以說是絕對不合的，是以穆秀珍首先慌張了起來，道：「怎麼了？怎麼了？」

「秀珍，打一個電話給方局長，」木蘭花急急道：「要他派多一點能幹的探員去保護高翔，快，無論如何要找到方局長！」

「保護高翔？」穆秀珍有點不明白。

「是的，快打電話！」

穆秀珍不十分情願地向電話走去。

8 鬥智

她剛來到了電話旁邊，電話便響了起來。穆秀珍才將電話聽筒取起，便聽到了方局長焦急的聲音：「蘭花，蘭花麼？」

可以想像得到，方局長在那邊，一定是在高聲呼叫！

「遲了！」木蘭花失聲高叫說：「高翔已經出事了！」

「蘭花，」方局長的聲音聽來十分清楚，「高翔出事了！」

穆秀珍怔怔地拿著電話，望著木蘭花。

她對於木蘭花這種料事如神的本領，簡直佩服得五體投地。

其實，要料事如神，是並不困難的，木蘭花絕沒有先知的本領，她只不過在將事情進行了分析和歸納之後，自然而然地得出了一個結論來而已。

由於她正確地估計了各種因素，所以她的結論往往和事實相符，這便變得她料事如神了。

譬如這次，她接到了馮樂安的電話，便想到馮樂安可能已來到了本市，從馮樂安的聲音中聽來，馮樂安是非報此仇不可的，但是馮樂安已在她的手下吃了好幾次虧，那是一定要經過一番佈置，才肯和她再度交手的，這便是木蘭花一開始為什麼估計他不會那麼快發動的原因。

可是，木蘭花卻立即想到了高翔！高翔傷重，在醫院中，警方當然不會派人去守衛的，以馮樂安的才能而論，他要進行一件搶劫病人的事件，可說是輕而易舉。

而他在制住了高翔之後，手中便有王牌了！

這正是一場賭博，而他一上來便已佔了上風！

當然，劫持一個重傷的病人，再以此去要脅傷者的好朋友，這是一種十分卑劣的行為，然而馮樂安卻是一個只顧目的，不擇手段的人，他怎會想到什麼卑劣不卑劣，他只知道怎樣做能夠成功，所以，她立即便要穆秀珍打電話給方局長。

然而，已經遲了！

這時候，木蘭花甚至可以肯定，馮樂安是在打電話給她之後才進行劫持高翔的，馮樂安是在和她鬥智，如果木蘭花一接到電話，便立即想到了這一點的話，那麼當然還可以加以制止。

馮樂安就是冒著這個危險去進行的，這使他勝得更自傲，更快樂！

木蘭花一步躍過去，在穆秀珍的手中接過電話來。

「蘭花，高翔在兩分鐘之前，從病房中被人放在推車中推出去，當時只一個醫生和一個護士進行這件事，但是那護士是假扮的，用手槍脅持了那醫生，逼得醫生與他合作。高翔被送上了一輛小型貨車，不知去向，蘭花，你可有頭緒，可知道是哪方面人幹的，他們的目的是什麼，你可知道麼？」方局長一口氣將情形作了一個簡單的說明。

「方局長，你放心，這件事交給我辦好了。」

「啊，你已有線索了？」

「只不過，」木蘭花並不回答方局長，「如果我需要錢的話，警方可以拿得出多少現鈔來？」

「現鈔？什麼意思？噢，警方有大量存款可供動用，數字十分之大，如果你要的話，我想那是沒有什麼大問題的。」

「好，你在總局？我再和你通電話好了，你放心，我保證高翔會安全的，當然，你知道，我……比你只怕還更焦急！」

木蘭花放下了電話，呆呆地站著。

以後發生的事，是木蘭花在家中，接連和人通了兩個電話，為了使讀者快點知道事情變化的結果，這兩個電話的內容，直錄如下。

第一個電話，是方局長收線之後三分鐘，馮樂安打來的：

「木蘭花小姐麼？你大概都知道了，是不是？」

「是的，你有什麼條件，只管說。」

「乾脆，乾脆！首先，我要補償損失，高翔是一個重要人物，我要少了，那便等於看不起他了，小姐你說對不對？」

「你要多少？」

「一百萬鎊，現鈔！」

「你以為警方拿得出那麼多的現鈔來麼？你有沒有算過，一百萬英鎊，折合本地流通的鈔票，數字是多少，你可曾算過？」

「計算是我的本行，小姐，我算過了，比起大銀行的庫存來，那不算什麼，你放心，那不會使大銀行倒閉的。」

「以後怎麼樣？」

「一百萬英鎊，現鈔，大額的，我想一隻特大的皮箱，可以載得下，對不？然後，當然是送來給我了，要你親自送來。」

「送到哪裡？」

「你以為我現在會告訴你麼？等你齊集了現鈔，我會再通知你的，我給你兩小時的時間，我想這已經足夠了，是不是？」

「好的，我等你電話。」

第二個電話，是木蘭花打給方局長的。

「方局長，對方要一百萬鎊，我親自送去。」

「什麼？」

「相當於一百萬英鎊的現鈔，我親自送去。」

「這……這……好，可是那麼巨大的數字，是要我親自去和銀行總裁，連奧爵士商量的，唉，只怕這是警方的全部活動經費了。」

「方局長，如果我去送錢，不回來了，那當然沒有話說。如果我回來了，那麼一定將這筆錢帶回來，你去取錢，用一隻特大的皮箱裝好，送來我家，鈔票不必記號碼了，因為時間來不及，方局長，你必需在一小時半之內，將錢送到。」

「好，好，好。」

當方局長放下電話時，他才發現，自己的手心因出汗太多，而使得整個電話聽筒都濡濕了，汗水甚至在向下滴。局長的兩位機要秘書驚訝地看著他。

「快，準備一輛裝甲車，派八個最可靠的警員，全副武裝，歸我直接指揮，然後，再去買一隻特大的皮箱，他媽的，」方局長甚至罵了起來：「買最貴的，反正什麼也不在乎了！」

他講完之後，還自嘲地苦笑了起來。

二十分鐘後，方局長率領著裝甲車出發了。

在木蘭花的家中，穆秀珍面色蒼白地團團亂轉說道：「蘭花姐，那怎麼行？這分明是他布下的陷阱，你送錢去，這不是賠了夫人又折兵麼——」

她覺得這個譬喻不怎麼妥當，是以停了一停才繼續講下去：「我看，叫他自己來拿吧。」

木蘭花早已將地上的文件撿了起來，她正小心地在研究著，即將到來的危險，她似乎完全沒有將之放在心上。

穆秀珍見自己說了也沒有用，便嘆了一口氣，在她的面前坐了下來，雙手支頭，愁眉不展，不斷地唉聲嘆氣，不知怎麼才好。

那的確是危險了！馮樂安當然是有備而來，才會要木蘭花去的。那麼，木蘭花是睜著眼睛在跳陷阱了！

可是，木蘭花卻還是沒事人般地只顧看文件，穆秀珍急得坐下又跳起，跳起又坐下，可是木蘭花卻上樓去了。

穆秀珍想跟上去，木蘭花將工作室的門鎖了，穆秀珍吃了閉門羹，只得在門外面賭氣地坐著，心中越想越不是味兒。

木蘭花將自己鎖在工作室內，足有四十分鐘。

當她開門出來的時候，穆秀珍忍不住哭了出來。

「秀珍，」木蘭花的聲音卻顯得十分快樂，「你仔細地看著，我可有什麼不同的地方，你看，快抬起頭來，別哭。」

穆秀珍抬起頭來，向木蘭花看了眼。

木蘭花似乎不同，似乎瘦了一點，不，也不對，不是瘦了，是她的臉長了一點，也不對，一個人的臉又不是橡皮做的，怎麼會長了起來的呢。

的確，木蘭花的臉是有了一點不同。但是穆秀珍卻說不出所以然來。

過了好久，她才遲疑地道：「你的臉……好像長了一點似的。」

「是麼？」木蘭花瞪了瞪眼。

她瞪眼的動作十分之奇怪，穆秀珍從來也未曾看到她這樣瞪眼過，她驚訝地說：「蘭花姐，你究竟在鬧些什麼鬼啊。」

木蘭花笑了笑，道：「以後你自會知道的。」

她下了樓，坐在客廳中，她只是坐著不動，而且不時用那種奇怪的動作瞪著眼，穆秀珍越看越是奇怪，而且，她看到木蘭花的眼珠竟是固定不會轉動的！

穆秀珍正想發問時，電鈴響了，一輛裝甲車停在她們家的門口，方局長滿頭大汗地下車，指揮著三個警員，自裝甲車上抬下了一個大箱子。

那隻大箱子雖然是三個人抬著，但是卻仍然十分吃力，當然了，超過三萬張大額鈔票，重量之重，是可想而知的事情。

大箱子抬進了客廳，木蘭花站了起來。

方局長向木蘭花望了一眼，他似乎也覺出木蘭花有什麼不同，但是卻又說不出來，他望了幾眼，才苦笑道：「全在這裡了。」

木蘭花點頭道：「行了，放在這裡好了。」

「蘭花。」方局長擔心地叫著。

「局長，你對我沒有信心麼？」木蘭花笑了起來，她一笑，方局長更覺得她的臉說不出來的古怪，他幾乎要問出「你是誰」來。但是，木蘭花立即斂去了笑容。

她不笑的時候，雖然看來總覺得不順眼，她的臉像是長了些（方局長也有這個古怪的想法），但是她卻的確是木蘭花。

方局長不住地苦笑，說道：「那我在這裡等你了。」

「好，不過你們千萬不要妄動，那是只能壞事，而不能成事的。」

方局長和穆秀珍兩人除了苦笑之外，一無可為！

在難堪的沉默之中，馮樂安的電話終於來了。

「我想，現鈔已經準備好了，是不是？由裝甲車送來的，要是中途遇劫，這倒太好笑了！」馮樂安嘻嘻地怪笑著。

「送到哪裡去？」

「山峰道七號。你一個人來，若是發現有任何人和你在一起，或是暗中和你聯絡，或是你將這個地址告訴了任何人，那你將後悔莫及了！」馮樂安一講完話便「啪」地收了線，木蘭花也立即放下電話。

「送到什麼地方去？」方局長和穆秀珍齊聲的問。

「我一個人去，地址你們也不必要知道了！」木蘭花拒絕說出地址，「將這箱鈔票搬到車廂中，我要出發了。」

方局長和穆秀珍兩人齊聲嘆息，一箱鈔票被搬上了車廂，木蘭花駕車疾去，方局長想派人跟蹤，但是終於未下命令。

穆秀珍一等木蘭花離去，立即連奔帶跳地回到了工作室中，拉開了一道簾門，現出一大幅螢光幕來，木蘭花的車子上有著無線電波追蹤設備，車子向前駛，在這幅螢光幕上，便會有一個直線的小點隨著移動，可以知道車子駛向何處。

但是穆秀珍卻失望了！在螢光幕中，沒有那變綠色的一點，那也就是說，木蘭花沒有使用無線電波追蹤器，她一點也不想人家知道她的行動！

木蘭花的確沒有使用無線電波追蹤器，因為她知道對方是一個電子學專家，自己是不是在使用那種儀器，對方是輕易獲知的。

而對方在獲知之後，就會對高翔不利了。

木蘭花的車子向前駛著，還未曾到「山峰道」，突然一輛摩托車在她汽車旁飛快地經過，車上的人一揮手，木蘭花的車窗玻璃上便多了一張紙，木蘭花一轉頭，便可以清楚地看到，那張紙上寫著：

地址已改，在邊城路十一號。

木蘭花掉轉車頭，那是在本市另一頭的一條十分靜僻的馬路，木蘭花駛了近半個小時，才來到邊城路口。

可是她的車子在十一號門前停下來時，一個女學生便向她走了過來，道：「穆小姐麼？馮先生說，請你快到常原街三十一號三樓去。」

「謝謝你。」木蘭花耐著性子又駛向常原街。

那是一條十分骯髒的街道，木蘭花要不斷地按喇叭，才可以駛進去，三十一號前早已停了一輛車，車門打開著，木蘭花一到，幾個人從車中走了出來，以極快的手法在木蘭花的車窗上，塗上了一種青藍色的顏料，使得她完全不能看到外面的情形。

「這算什麼？」木蘭花仍耐著性子問。

「我們的車子拖你走，你只要坐著就好了！」其中一個大漢說，「砰」地一聲，代木蘭花關上了車門，坐在木蘭花的後面。

木蘭花不知自己身在何處，她想打開窗子或車門看看，可是那大漢卻警告她：「你一有異動，我立即通知首領！」

木蘭花索性不動了，車子至少又駛了三十分鐘，才停了下來。和木蘭花同車的那人道：「到了，可以下車了。」

木蘭花跟著他下車，只見是在一幢十分華麗的洋房門口，車子已駛進了花園，馮樂安正站在石階上，帶著奸笑望著木蘭花。

「好了，錢已送到了，高翔呢？」

「錢送到了，高翔當然會被送回醫院去，可是，小姐，你難道不進來坐坐麼？」馮樂安說著，盯著木蘭花，他的左眼又射出那種奇幻的光芒來。

木蘭花突然偏過頭去道：「先生，催眠術是意志力的表現，當你要催眠一個人的時候，你的意志力必需在那個人之上。而你，卻利用你所發明的電子儀器在向人進行催眠，老實說，這是一個懦夫的行為，而一個懦夫是不配做首領的！」

這時候，在馮樂安和木蘭花兩人的旁邊至少有著三十個人，這些人全是馮樂安的手下，但木蘭花卻當著他們的面，公然聲稱馮樂安不配做領袖！

馮樂安的面色微微一變，但是他隨即換上了一副高傲的神色，道：「你以為你可以擋得住我對你進行催眠麼？」

木蘭花並不直接回答，只是發出了一連串的冷笑聲。

馮樂安怒道：「你敢接受我的施術麼？」

「有什麼不敢，我不信你真的懂得什麼催眠術，要懂得催眠術，必需有高度的意志力，而你，只不過是靠著電子儀器在迷惑人而已！」木蘭花的話中，表現了對馮樂安極度的輕視。

馮樂安怪笑了起來，道：「你正視我！」

「你先將假眼除下來。」

「當然，我要用真正的催眠術將你催眠，讓你服從我的命令，讓全世界的人都知道，女黑俠木蘭花是多麼不濟事，在被我催眠之後，出了多大的醜！」馮樂安惡狠狠的說著，一伸手，便將左邊的假眼，連同鏡片一齊取了下來。

「首領，」人叢中有人叫道：「將她催眠了，看著她身材這樣好是真的還是假的，向全世界發表女黑俠的三圍尺碼，可好？」

人叢中立時發出了一陣下流的笑聲來。

木蘭花轉過了頭去，和馮樂安正面對視。

馮樂安距離她有六呎左右，在木蘭花的兩旁和馮樂安的身邊，都有大漢持著槍，在監視著木蘭花，不讓她動一動，那等於是逼著木蘭花在接受他的催眠。

「睜大眼睛望著我！」馮樂安以一種十分深沉的聲音說著，光聽那種聲音，就有一種使人忍不住要受他聲音控制的感覺。

木蘭花心中承認，馮樂安可以稱得上是一個最有成就的催眠術大師，他實在是可以不必用任何器械，輕而易舉地催眠任何一個人的。

木蘭花站在他的面前，睜大著眼。

「你雙眼已經發定了，你在疲倦，你很疲倦，你渴望睡覺，你將睡去……」

馮樂安的聲音越來越是低沉，越來越是令人昏昏欲睡，而且他不斷地重複著。

「你已經睡去了，你已不是你，你已不存在，你的一切行動，都聽我的指導，你點頭答應，表示你已經聽到了我的命令。」

木蘭花仍然睜大著眼，卻緩慢地點了點頭。

馮樂安伸手，在距離木蘭花雙眼極遠的地方，搖了一搖，如果一個人是清醒的話，在這樣的情形下，是一定會瞪眼睛的，就算不瞪眼睛，眼珠子也一定會轉動的，但是水蘭花的雙眼，卻是一點反應也沒有，眼珠定定地向前看著。

「首領成功了！」人叢中爆發出歡呼聲。

馮樂安得意地笑著，命令道：「向前走，一步，兩步，三步……」

木蘭花像是機器人也似地向前走著。

她走動了三步，離開馮樂安已經極近了。

馮樂安的臉上突然浮起一個十分淫邪的笑容來，道：「現在——」

沒有人知道他的這個命令是什麼，因為他這句話未曾說完，變故突然發生了，木蘭花以極快的動作揮出了一拳。

那一拳，齊齊正正地擊在馮樂安的下頷上，使得馮樂安的頭驀地向後仰去，而木蘭花的手背一勾，已將他的頸部勾住，拖著他連退了兩步，到了牆前，將馮樂安的身子掩在她的前面，喝道：「命令你的手下，放下武器！」

這個變化來得實在太突然了，每一個人的腦子中都在轉著十分骯髒的念頭，然而在幾秒鐘之內，他們的首領已被制服了！

就算是應變再快的人也來不及放槍，而當他們看清了眼前情形的時候，他們已不能傷害木蘭花了，因為木蘭花的身子被馮樂安遮著！

「快……放下武器。」馮樂安嘶啞地叫著。

各式各樣的槍械紛紛被拋在地上。

「大隊警員就要來了，」木蘭花冷冷地道：「我想，趁警員未到之前，你們快些離開，這是最聰明的辦法，還不走麼？」

三十來人在這樣的情形下，哪裡還能辨別木蘭花所講的是真是假，有的還在猶疑，有的卻早已奔了出去，一個走，其餘的也一哄而散了。

木蘭花將馮樂安拖進了大廳，道：「你打電話到我家中去，將這裡的地址說出來，等候方局長派警員來捉拿你歸案！」

馮樂安想要掙扎，但是木蘭花的手臂像是鐵箍也似地箍住了馮樂安的頭頸，令得他不能不從，不能不自己召警，逮捕他自己！

第二天，當木蘭花、穆秀珍和方局長三人，探完了自那幢花園洋房中被救出來，又送到醫院中，情形正在好轉的高翔出來之後，穆秀珍便急急地問道：「蘭花姐！你再說下去，何以他的催眠術如此高超，你竟會未被他催眠呢？」

「很簡單，我那時根本閉著眼睛。」

「閉著眼睛？」方局長立即問。

「是啊，那怎麼可能？」穆秀珍也急急問。

「昨天，你們看我有點怪，是不是？今天，你們再仔細看著，我可有什麼不同。」木蘭花站住了身子，轉過身來。

「咦，蘭花姐，你怎麼將兩道眉毛剃掉了？」

「不錯，我剃掉了眉毛，在上眼皮上刻意化裝，又畫上了假眼珠，卻在真的眼睛上黏上了一層和我膚色相同的薄膜，透過這層薄膜，我只能看極短的時間，因為我的真眼睛要張開，眼皮上抬，假眼睛的把戲就會被看穿了，所以，我總是張一張眼，立時又閉上，那樣看來像是在瞪眼睛，多少有點怪相，昨天你們都沒有看出來，是不是？」木蘭花微笑著。

「天哪！」兩人齊聲大叫。

「馮樂安接受了我的挑戰，我就閉上眼睛——在他看來，我正是睜大眼睛對著他，但不論過多久，我都是不會被催眠的，他試我是不是已被催眠，伸手在我眼前搖著，我的眼珠當然不會轉動，因為那根本是化裝在我眼皮上的假眼睛！」

「好妙啊！」穆秀珍拍手。

「妙便是妙。」木蘭花道：「可是剃了兩道眉毛。」

「蘭花，」方局長道：「有的女子為了美容，剃去了眉毛，那是十分無聊的，而你，卻是為了十間平民診所而剃去眉毛的！」

木蘭花笑了起來，道：「我不是楊朱的信徒，給楊朱在九泉下知道了，一定要搖頭嘆息了！」

三人的腳步十分輕鬆，一直走出了醫院。

奪命紅燭

1 魔術表演

「砰！砰！砰！」
「啪！啪！啪！」

遊樂場中的氣氛極度囂鬧，快樂。

在射擊攤位之前，一個小伙子連放了三槍，接連將三隻汽球射得開了花，他身邊女朋友笑著接受獎品。

再過去，一些機動遊戲使得許多天真的小孩子盡情地在歡樂著，紅色的，綠色的，黃色的燈光，交織成無數美麗的光芒，倒映在場中心的噴水池上。

這個遊樂場是新開幕的，名字叫「天使樂園」，這時，華燈初上，到處擠滿了人，到處是歡樂叫嚷的聲音，但是卻有一個地方是例外。

那是這個遊樂場的魔術表演場。

魔術表演中，坐滿了人，還有不少人站著，但是卻沒有一個人出聲，因為臺上的魔術師正在進行他最驚心動魄的表演。

一個幾乎是半裸、身材健美的妙齡女郎，走進一具豎放著的埃及式棺木中，魔術師將棺蓋蓋上，棺蓋的上半部，是一個一呎見方的洞，從那個洞中，可以看到那女郎的頭部。

那女郎濃妝艷抹，看來具有一種野性的美。

舞臺上的燈光漸漸熄滅，只靠四支巨大紅燭在照明。光線雖然黑暗些，但是觀眾仍然可以清清楚楚看到那女郎是在棺木之中。

然後，魔術師從助手的手中，接過七枚又長又銳利的釘子，魔術師將雪亮的，有一呎長的釘子向臺上揚了一揚。

就在這時候，臺下靜寂之中，突然有人叫了起來：「假的！這釘子是假的！」

魔術師發怒了，他大聲喝叫那人上來，那人站了起來，他是一個工人模樣的人，似乎又有些不敢上去，但是他終於被好奇的觀眾推上了臺。

「真的還是假的？」魔術師將釘子交在他的手中。

「真的，我看錯了，我可以下去了麼？」

「不，你幫我握著釘子，我要釘進去！」

「那……我還是下去看著的好。」

「不行，誰叫你說我的釘子是假的？」

那工人模樣的人無可奈何地握住了釘子，魔術師揚起大鐵錘來，一下一下地敲著，呎許長的釘子從棺蓋中敲進去了。

那女郎的面部現出十分痛苦的神情來。

釘子一枚一枚被敲進去，刺的全是那女郎的要害，那女郎面上的神情更加痛苦，而觀眾的氣息也不由自主地急促了起來。

待到七枚釘子敲完，那工人模樣的人滿頭大汗，逃也似地下了舞臺，那女郎頭部下垂，也一動不動了，魔術師一揚手，絨幕落下。

觀眾還在震駭之中，幕又拉上。

就在絨幕一起一落之間，那健美女郎已站在魔術師的身邊了，她身上當然絲毫無損，她的手中還握著那七枚釘子！

觀眾直到這時才發出暴風雨也似的掌聲來。

幕又落下，魔術師和健美女郎一齊回到了後臺，魔術師洗去了臉上故作神秘的化裝，他是一個有著鷹鉤鼻，雙目深陷，光芒逼人的中年人。那是使人一看便知道他是極其深沉，極其工於心計的一個人。

他洗去了臉上的化裝之後，燃著了一支煙，緊緊地吸了一口，伸指在板壁上敲了兩下。板壁的那面，立時傳來那女郎的聲音，道：「什麼事？」

「剛才，你看到了沒有？」魔術師問。

「看到了。」女郎的聲音十分低沉，在她低沉的聲音中，還包含著若干程度的不安和恐懼，她又問：「你想我們的真面目是不是會被認出來？」

魔術師又深深地吸著菸，並不回答。

那女郎則從板壁後面轉了出來，這時候，她已經穿了衣服，也提著手袋，看來是準備離去了，她在魔術師的身邊停了一停，低聲道：「如果我們被發現了，你又有什麼計畫？」

魔術師倏地伸手，握住了那女郎的手腕，自他的口中，徐徐地噴出了一口煙來，等到那口煙噴完，才聽得他一字一頓地道：「先下手為強！」

就在這時，門上傳來了「卜卜」兩聲，接著，一個人推門走了進來，那人就是剛才大叫「假的」，又上臺為魔術師抓釘子的人！

也就是他，將橡皮釘子說成是真的，而且，他還幫了魔術師一下，將棺蓋上早已有的，但用黏土塞住的小孔頂開，好讓橡皮釘子通過。

「你來得正好，」魔術師一看到他走進來，便吩咐道：「剛才坐在你前面一排的一男一女，男的穿淺黃夏恤，女的穿紫色西裝衫裙的，你可還有印象？」

「有，他們不斷地說，你的魔術是假的。」

「少廢話，去跟蹤他們，隨時報告他們的態度，那男的是生面孔，可是女的卻是危險人物，如果他認出了我和麗莎，那我們一切的計畫都完了！」

「是。」那工人模樣的人答應一聲，轉身離去。

「麗莎，」魔術師抬起頭來，「一切依然是照原來的計畫進行，那一男一女如果認出我們，我們就一定先下手為強！」

麗莎——就是這個健美女的名字，應該說這是她的名字之一，但如今，那位魔術師既然這樣稱呼她，我們自然也這樣叫她了——點了點頭，道：「那麼，我先回去了，你可得小心一些，我們計畫了那麼久，不能夠功虧一簣的。」

「我自己會照顧自己的！」魔術師近乎粗暴地說。

而且，他說了之後立即揮手，麗莎走了出去。

一跨出門，歡樂囂嘩的人聲便立時像潮水似的向她湧了過來，她走出沒幾步，便看到了一男一女兩個人。

兩人正在排隊購買「雲霄飛車」遊戲的票，他們的跟蹤者，正在他們兩人的後面，看樣子，他們似乎並沒有發覺已被人跟蹤了。

麗沙只是略停了一停，便轉過身，向相反的道路走去，從遊樂場的邊門走了出去，然後再繞到正門，她來到一輛從外表看來十分殘舊的車子之前，打開車門跨了進去，發動了車子。

如果這時有一個對汽車十分內行的人在一邊，那麼那個人一定會奇怪，何以那麼殘舊的一部車子，它的引擎竟會發出如此完美的聲音來，這種聲音，證明車子的引擎性能極其優越，和它的外表不太相配了！

車子在黑暗的道路上快速行駛著，將遊樂場遠遠地拋在後面，一直到了另一個停車場中，麗莎才將車停下，走到一輛奶白色的跑車之前。

然後，她又駕著那輛跑車，來到一家十分高尚的酒店，身上也穿上了一件十分華貴的晚禮服，戴上了不少飾物，使她看來十足是個富家女。

她在侍者的慇懃招呼下，進了電梯。

在這家酒店中，很多人都知道她是來自南美洲的一個豪富之家，她出手豪闊，住的是最好的套房，已住了有十來天之久了。

她在這家酒店中住的日子，和她在「天使樂園」魔術場中表演的日子相同。直到如今，似乎還沒有人發現她的雙重身分。

麗莎一回到房間中，使為自己斟了一杯酒，一口氣喝完，她打開隱藏在一頂女帽裡的一隻答錄機。錄音帶轉動著，但是並沒有聲音發出。

這證明她不在房間中的時候，並沒有人來過。

麗沙在沙發中坐了下來，舒服地伸了一個懶腰，看樣子她是準備鬆弛一下的，但是，就在這時，門外突然傳來了敲門聲。

「是誰？」麗沙立時坐下來。

「我。」門外的聲音十分輕佻。

「你是誰？」麗沙一翻手腕，她的手中已多了一柄小巧的手槍。那真的是「魔術手法」，那柄槍原來是在她小臂上的。利用精巧的裝置，她可以在伸手間就使那柄槍從小臂中滑到她的手心，可以使她出其不意地迎敵。

「噢，小姐，」那聲音又道：「讓我先進來，然後才自我介紹，好不好？」

「進來。」麗莎向門口走去，陡地拉開了門。

而她自己則在門一拉開的時候，一閃身躲到了門後。

門開處，走進來的是一個四十不到的男子，身上散發著香味。

一個使用男性香水的男人，幾乎毫無例外地，都是注意裝飾的，眼前這個男子也不例外，他從頭至足，幾乎沒有一點可供挑剔的地方。

唯一使人感到不高興的，便是他臉上那種輕浮的神情，那是任何裝飾所掩飾不了的，他來到房間中心，麗莎將門關上。

那人甚至不將身子轉過來，背對著麗莎，自顧自地斟了一杯酒，喝了一口，才道：「別拿槍指著我，這是沒有用處的。」

麗莎震了一震，但是她手中的槍仍指著那個人。

那人慢慢地轉過身，在沙發上舒服地坐了下來，麗莎冷冷地問道：「你是什麼人，你到這裡來，是想做什麼事？」

「小姐，你像傳說中一樣的美麗？」那人答非所問地說。

可是這句話，卻令得麗莎美麗的臉龐變得煞白，她將手中的槍抬起了些，扣住槍機的手指也緊了一緊。

那人仍然不在乎，他一面口中發出「嘖嘖」的聲音、一面搖頭道：「小姐，別開槍，一開槍，我當然活不成，可是你們十四天來的努力，說不定多少年來的計畫，也就付諸東流了，小姐，如果你認為我說得對，那請你放下手槍來。」

麗莎呆了半分鐘，她果然將槍放了下來。

「是啊，這才可以盡情地暢談。」

「你知道了多少？」麗莎問。

「這十六天來，從你們下飛機起，一直到你們在這裡，和一個下級酒店，分別租下房間；以及你們到『天使樂園』去求職，利用『方氏魔術團』的身分來作掩飾，你們的一切行動，我都有詳細的記錄，你想，我已知道了多少？」

「你是什麼人？」麗莎吸了一口氣。

「我？」那人聳了聳肩，「我不是什麼要人，我的生活過得很好，我謀生的本事，便是替一些人做點事情，然後再取得報酬。」

「這不是太籠統些了麼？你不妨直說！」

「好的，」那人又喝了一口酒，「要直說的話，那我該說，你們的計畫是不可能完成的，你們計畫得極其巧妙，我知道你們脫身的方法，因為在事情一發生之後，住在豪華酒店中的郝貴連先生和方麗莎小姐就不見了，消失了，他們並沒有離開本市，誰又會疑心到『方氏魔術團』的女助手和魔術師呢？是不是？」

麗莎的面色，極其難看。

同時，她手中的槍，也漸漸地揚了起來。

「不，別衝動！」那人繼續道：「但你們是不會成功的，我再說一遍，你們費盡心血所計畫進行的事，是不會成功的。」

「為什麼？」

「有障礙，公路上小的障礙，汽車可以越過去，但如果有大的障礙，那麼汽車就一定就停下來，此路不通，你明白麼？」

「障礙就是你麼，先生？」

那人哈哈人笑起來，道：「當然不是我，小姐，是東方三俠，你不應該不知道這三個人：木蘭花，高翔和穆秀珍！」

麗莎的神色反倒鎮定了起來，她也跟著大笑，道：「東方三俠？這時候，只怕只有東方二俠了，還用你來代我們操心？」

麗莎的話一出口，那人的笑聲便突然停了下來。

兩人互相對望著，一片沉寂。

雲霄飛車是一種極度驚險的遊戲，膽子小的人是不敢玩的，它是一列小型的火車，軌道和車輪的摩擦力減至最低，然後，將這列車拖上一個傾斜角度很高的斜坡，當車子到了斜坡頂點的時候，車子開始向下滑去。

向下滑去的時候，速度是極其驚人的，而且它還要穿過許多山洞，看來隨時可以撞到迎面而來的大石，但在最重要的關頭，則繞了過去。

它的速度之快，到了使人頭昏目眩的程度，所以，喜愛刺激的穆秀珍，看完了魔術表演，便拉著馬超文來購票了。

他們玩得十分暢快。全然未曾覺察有人在跟著他們。

當他們在購得了票，等候搭乘的時候，那工人模樣的人也購到了票，他站在穆秀珍只有三五碼處，低下了頭，低聲道：「他們購買了雲霄飛車的票，就要玩這個遊戲了！」他的聲音十分之低，簡直就像是在禱告一樣。

而遊樂場中又是如此喧鬧，就算有人在他身邊，也聽不到他聲音的。可是，他胸前佩戴著一隻小巧的無線電傳聲器。

利用無線電波傳聲，他的聲音立即傳到了在魔術場後臺中等候著消息的魔術師的耳中，魔術師的面上現出了一個陰森的笑容。

「這太好了，」他發出指示，「甚至不必用滅聲器，雲霄飛車的第三個山洞十分深長，就在那裡下手，明白了麼？」

「除去男的，還是除去女的？」

「一齊除去。」魔術師握緊了拳頭。

閘門打開，人已魚貫進閘，登上車子了，那工人模樣的人連忙趨前幾步，跟在穆秀珍和馬超文的後面，走進了閘口。

他坐在兩人的後面，而他的手插在衣袋中。早已將手槍準備好了。

做假裝的觀眾，幫魔術師一下忙，這絕不是他的本業，他的本業是槍手，他百發百中的射擊術，加上他的犯罪的天性，使他成為一個成功的槍手。

而在他執行過的謀殺中，在他看來，似乎沒有再比這一次更容易的了，他離自己要殺的人如此之近，而車子通過山洞的隆隆聲又會掩蓋槍聲。

更妙的是，兩人中了槍之後，身子一定會被拋出車去，他甚至還可以在事後擠在人群中看熱鬧，而不必倉惶逃走！

由於事情是太容易成功了，他這個神槍手甚至有點提不起興趣來。他並不知道自己去殺的是什麼人，然而他卻知道自己殺了這兩個人之後，一定又可以得到一筆可觀的報酬，這便是他殺人的原因。

當車子漸漸被拉得向上升去的時候，風吹了過來，穆秀珍的頭髮幾乎拂在他的臉上，他將頭側開了一些，穆秀珍大聲講著話，語聲又傳入他的耳中。

「超文，車子就快滑下去了，你可得抓緊一些啊！」

「放心，我又不是小孩子了。」

「哼，你不是小孩子，可是你卻也不見得會自己照顧自己。」穆秀珍一本正經，像是馬超文的長輩一樣，「你說是不是？」

馬超文大笑道：「當然不是！」

他將嘴湊在穆秀珍的耳際，低聲道：「我不但要照顧自己，而且要照顧你，要照顧你幾十年，直到你成為一個白髮斑斑的老太婆！」

「閉嘴！」穆秀珍臉紅了，那並不是因為遠處紅色燈光的照映，而是因為她心中的興奮，她佯嗔著，偏過頭去，不望馬超文。

就在這時候，車子已經被拉到高坡的頂上了。

緊接著，幾乎是突如其來地，每一個人的身子向後仰了一仰，車輪在軌道上發出震耳欲聾的聲音，以驚人的速度向下衝了下去！

有「亞洲殺人王」之稱的槍手根曼，雙手緊緊地握住了扶手，保持著身體的平衡，勁風迎面撲了過來，撲在臉上，幾乎是刺痛的。

「轟隆隆隆」！眼前突然一黑，車子已經穿進了第一個山洞，但只不過十秒鐘，便又穿了出來，越是向下滑行，車子的速度越是快疾，在車子出了山洞之後，眼前又閃爍了各種顏色的光彩，根曼根本看不清車子經過了一些什麼地方，緊接著已穿進了第二個山洞。

車子在第二個山洞中穿出來時，根曼以一隻手緊緊地抓住了扶手，另一隻手費力地伸手自衫袋之中，取出那柄手槍來。

第三個山洞就在眼前了！

車子以驚人的速度，向前衝了過去！

首先打破沉默的是那個不速之客。

他笑了一下，盡量使自己的笑容變得不在乎，但是他的努力顯然失敗，他道：「原來你們已接觸上了？那麼，在今晚將要喪命的，是什麼人呢？」

「是穆秀珍！」麗莎冷冷地回答。

「肯定麼？」

「當然可以肯定，執行這件事的是根曼，我想你應該聽過他的名字，是不是？」麗莎又轉了一轉她手中的手槍。

「是的，我聽到過，根曼是名副其實的根曼（Gun Man），但是穆秀珍卻並不是容易對付的人物，就算你們對付了穆秀珍，也還有木蘭花和高翔，你們已經有了對付他們的把握了麼？」那人緩緩地問著。

「那不用你管了，」麗莎的手槍又揚起來，「我想，在目前的情形之下，我要對付的是你，而不是木蘭花他們！」

麗莎向前走來，在經過一張長沙發的時候，她順手拿起一張沙發墊子，而她面上美麗的笑容，這時也變得極其陰森。

她來到了那人的面前，冷冷地道：「槍口壓住這只墊子，會使槍聲減至最低，你可以在十分安詳的環境之中死去。」

「太可惜了。」那人仍十分鎮靜，說：「我的一位同伴，如果在我離開他之後，半個小時後仍得不到我的電話，他便會將我所知道的一切供給警方了。」

麗莎呆了一呆，陡地停住了腳步。

也就在這時，房門被迅速地打開，又被迅速地掩上，在房門一開一關之間，一個人已進入了房中，麗莎連忙後退了一步，轉過頭去看電視。

衝進房間來的是那個魔術師。

他的面色極其陰暗，看來也更是可怕。

他倚門而立，先望了兩人一眼，再望向麗莎。

「這個人，」麗莎急急地道：「他自稱知道了我們的一切，又用木蘭花、高翔和穆秀珍三人來恐嚇我們，不知他是什麼人。」

魔術師踏前了兩步，殺氣隱現。

2 入夥條件

「還有，他說如果他出了事，」麗莎補充著：「那麼他的一個同伴，便會將我們的一切資料完全供給警方！」

那人接著道：「這就太可惜了。」

「可惜什麼？」魔術師低沉地喝問。

「到口的肥肉又飛走了，還不可惜麼？」

魔術師再踏前一步。

「我的要求十分低，絕不損及你們到南美洲去度假，去過王宮般的生活，我只要三分之一，這比起你們要嘗鐵窗風味來，總好得多了，是不是？」

「你是誰？你是什麼人？」

「我是趙蒼，也是才從南美洲回來的。魔術大師林勝先生，如果你的記性不錯，應該記得我和你是同時離開本市的，你記得嗎？在那次老千案中，我和你都想勒索老千，結果未曾成功，反倒使警方追捕我們，不得不遠走高飛。這件事，已有兩年了，這兩年中，你雖然變了不少，但我還是認得出你的，所以你一下機，我就開始注意你了！」趙蒼侃侃而談。

魔術師林勝的面色變得更加難看，他冷冷地道：「你知道了我的行動，所以又想趁機來勒索我了，是不是？」

「沒有辦法啊，」趙蒼攤了攤手，道：「常言道靠山吃山，靠水吃水，靠著你們這幫人，哈哈，那自然是黑吃黑了。」

林勝的心中正在盤算著如何應付眼前的局面，如今他要做的事，是他當年在離開本市遠走南美洲的時候，便已經計畫定當的了。在南美洲兩年，他一直是奉公守法的，這是他能夠利用假護照順利回到本市的原因。

在回到本市之後，他發現自己的計畫仍是十分可行的，這十幾天來，在雙重身分的掩飾下，他一直在積極地準備著。

本來，後天便是他決定的行事日期了，但是今天晚上，卻一連生出了兩個枝節來！一個枝節是他在作魔術師表演時，穆秀珍竟然是座上客；第二個枝節是當年的冤家對頭趙蒼居然找上門來，而且他還掌握了自己的秘密。

林勝想了片刻，才「嘿嘿」地乾笑了起來，道：「我想你是弄錯了，我這次回來，並沒有什麼發財的計畫，你找錯人了。」

「魔術大師。」趙蒼微笑著道：「那麼，後天你能陪我打一天高爾夫球麼？」

趙蒼的話令林勝陡地坐了下來。

「看來。」林勝緊盯著對方，「你什麼都知道了？」

「是的，包括你準備使用『情人煙霧』在內。」趙蒼冷冷地回答，「我想，我們應該開誠佈公地談一談了，是不是？」

老奸巨猾的林勝反倒笑了起來，道：「好，好，但是我可以知道一下，你是怎麼知道這許多事的，為什麼你會注意到？」

「這完全是巧合，老林，當你正在亞馬遜河上流的土人部落中搜索『情人煙霧』的時候，我也在；當你去勘察國家基金銀行的時候，我也在；當你留意國家基金銀行的庫存數字之際，我也在！而我們兩個人有一個相同點，就是只喜歡現鈔，你明白了麼？」

「老天，」林勝道：「不是你和我有著同樣的計畫吧！你也準備打基金銀行的主意？」

「對了，而且我還準備打東方三俠的主意。」

「那麼，我們是合夥人了？」麗莎問。

林勝略為點了一下頭，道：「可以這樣說！」

他伸出手來，和趙蒼相握，麗莎也將她的手加在兩人的手上，好一會，三隻手才分了開來。

趙蒼後退一步，笑了笑道：「魔術大師，你可以放心，我是個沒有領導欲的人，你是首領，我只要我的三分之一。」

「可以的，你進行的計畫怎樣？」

「大致和你的計畫的相同，不同的是，我準備先解決木蘭花他們，因為這三個人不除去，再縝密的計畫也可能遭到破壞！」趙蒼揮著手加強語氣。

「要除去他們，可不容易啊！」

「如今，東方三俠只剩下兩個了，是不是？這是麗莎剛才告訴我的，只剩兩個，那我們要下手，自然更方便得多了。」

「嘿嘿。」聽了趙蒼的話後，林勝只是苦笑。

雲霄飛車隆隆地響著，直衝進了第三個山洞之中。

根曼覺得車子的高速和震盪，使得他的身子十分不穩，因為旁人是兩隻手緊緊地抓著把手的，他卻只有一隻手。他的另一隻手，必須用來握槍！

他在雲霄飛車一穿進黑暗之後，便立時揚起槍來，但是也就在這個時候，車子卻猛地一個轉彎，這一下轉彎，是來得如此之突然，令得他的身子突然側向一邊。

雲霄飛車的每一個人都是一樣的，但是根曼的遭遇卻和別人不同。因為只有他一個人是一手握住扶手的。也只有他，因為要將槍自衫袋中取出來，而將安全帶解開來沒有繫上。

那個急轉彎所產生的離心力十分大，使得他的一隻手不能抵抗這股大力，他的身子突然飛了起來。

他身在半空，手指一緊，射出了一槍，那一槍，當然沒有射中什麼，而他的身子也落了下來，滾過一旁。

他在跌下去之際，發出了一聲尖銳的呼叫聲。

那一列車子的人，都聽到了這一下呼叫聲。穆秀珍就在他的前面，自然聽得更加真切。

車子隆隆地穿出了山洞，穆秀珍大聲叫道：「出事了！出事了！有人跌下車去了！」

但是車子是無法中途停止的，車子一直衝到終點，才停了下來，管理人員早已聽到了穆秀珍和其他人的怪叫，一批人奔過來詢問詳情，一批人奔向山洞。

衝向山洞的人很容易就發現了根曼，根曼居然沒有死，他被送到醫院，根據急診醫生的檢查，他身上折斷的骨頭一共是十九根，當然昏迷不醒。

由於他那柄手槍在他被車子拋出去的時候也隨之跌落，恰巧落在一個十分陰暗的角落中，而根曼自己又已昏迷不醒，所以他究竟是怎樣跌下去的，也沒有人知道，警方便將它當作意外事件來處理。

令警方感到小小意外的是，消息發佈之後，竟沒有一個人來看他，他竟然是一個親人也沒有的！

當然，知道根曼身分的人是有的，林勝就是其中之一。當雲霄飛車出了毛病，人潮洶湧去看熱鬧之際，林勝也夾雜在人叢之中。

林勝一心是去看穆秀珍死後慘狀的，但是，他還未看到現狀中的情形，只是在人叢中挨擠的時候，便聽到了穆秀珍大聲高談的聲音，接著，他便看到根曼被人放在擔架上抬了出來。

林勝不明白那是怎麼一回事，他不明白根曼是如何會失手的，因為要謀害穆秀珍，看來是再容易不過的一件事。

林勝未曾多逗留，立即離開了遊樂場。

他在兩年前離開本市，到南美洲去，可以說就是被木蘭花姐妹和高翔逼走的，他知道，自己在舞臺上經過了化裝，穆秀珍可能認不出自己來，但是如今去了化裝，那就不能和她照面了。

他匆匆地離開，結果回到酒店，卻遇到了趙蒼！

當他們三隻手分開來的時候，林勝的心中又有了新的打算，當然，他的打算，是不能向趙蒼說的，甚至不能向麗莎說。

他只說道：「我沒有成功，穆秀珍在遊樂場，她可能已看到了我，我派根曼去謀殺他，但是他卻失手了，真豈有此理！」

林勝想起根曼的失手，心中仍不免恨恨不已。

趙蒼笑了起來，道：「我早說過，要殺害他們三個是沒有那麼容易的，而我，則研究了一個萬無一失的辦法！」

「你的辦法是什麼？」林勝和麗莎同時一齊問道。

「請問，」趙蒼好整以暇地伸了一個懶腰，「如果在晚上，忽然斷電了，那麼，第一件事情要做的，是什麼呢？」

林勝和麗莎互望了一眼，都不知道他的意思。

「回答啊！」趙蒼催促著。

「那當然是取出洋燭來點上了。」

「城市的家庭，是很少有蠟燭的。」

「那麼去買總應該買得到吧！」

「對了，幾乎每一個人都會這樣做的，那就是我的計畫了，而我的計畫，就要在今天晚上實行。」趙蒼得意洋洋地說著。

「你這是什麼意思？」

「這件事交給我去辦好了，說穿了，十分簡單，就不值錢了！」趙蒼站了起來，「辦成了這件事，就算我入夥的條件吧！」

林勝和麗莎都揚手道：「祝你成功！」

趙蒼滿懷信心地走了出去，看他的情形，真是可以一舉手就將「東方三俠」毀在他的手中一樣，而他究竟為什麼有那樣肯定的把握，林勝也不知道。

穆秀珍回家時，已經是晚上十時半了。

馬超文送她到了門口，還不想走，可是穆秀珍卻推著他，硬把他塞進車子，將他趕走了。

穆秀珍並不是不想和馬超文在一起，只不過她的性子十分爽朗，最討厭臨分手時又婆婆媽媽地講上一大串話，所以每次幾乎都是她將馬超文趕走的。

她哼著歌兒，跳回了家中。

木蘭花正在看書，見到了她，抬起頭道：「玩得高興麼？超文呢？怎麼不請他進來坐坐？」

不等木蘭花講完，穆秀珍已迫不及待地道：「蘭花姐，遊樂場中發生了凶案，而一個魔術師，總是用奇怪的眼光望著我，還有……」

「慢，慢，」木蘭花搓著手，道：「你一件件講好不好？」

「好，」穆秀珍吸了一口氣，道：「在玩雲霄飛車的時候，一個人被拋了出去，受了重傷，只怕活不成了，這人就坐在我的後面！」

「這就是所謂凶案麼？」

穆秀珍不好意思地笑了笑，道：「是啊，還有那個魔術師，不知怎麼，老是拿眼睛看著我，這傢伙只怕不是好東西！」

木蘭花已沒有什麼興趣聽下去了，她低下頭，又去看她的書，同時打趣道：「或許是你和超文的態度太親熱了，所以才惹人注目的罷！」

穆秀珍的臉紅了起來，叫道：「蘭花姐！」

她一面叫，一面向樓上奔去。

就在她奔到一半的時候，電燈突然熄滅了，眼前變成了漆黑，穆秀珍的身子立時伏了下來，滾到了樓梯的下面。

而木蘭花的身子也立時一翻，翻到了沙發的後面。

可是電燈雖然突如其來地熄滅了，卻一點也沒有什麼別的變故，過了一分鐘，木蘭花向窗外看去，看到鄰近的幾幢屋子變成了一片漆黑。

她身子伏著，從一張沙發之後跳到另一張沙發的後面，拿起電話，撥了一個電話，到了附近的警署，低聲問道：「沒有電了，是怎麼一回事？」

木蘭花立即得到了回答，「電站裡的變壓器壞了。」

「多少時候可以修好？」

「工程師正在搶修，大約只要一小時就可以恢復。」

「秀珍，」木蘭花放下了電話，「起來罷，是電站的變壓器壞了，不是有蠟燭嗎，快拿幾根出來點上，漆黑的總不成話。」

「蠟燭？」穆秀珍站了起來，「我和小孩子做蠟人，用完了，我看，還是早一點睡吧，沒有電，不是更容易入睡麼？」

「那怎麼行？去買幾支來。」

「蘭花姐，我們住在郊外，上哪兒買蠟燭去？」

「嗯。」木蘭花想了一想，向窗外看去，看到鄰近的一家人已在閃耀著燭光，她連忙道：「向鄰居去借一支來用用！」

穆秀珍仍然不願意出去，但是她知道，既然木蘭花說了要借幾支蠟燭來，自己若是不去，是萬萬不成的，還不如快點去，可以早一點回來。

她老大不情願地向外走去。

她還未走到有燭光的一家，就看到迎面有一個人走來，天色十分黑，那人手中拿著一支燃著了的蠟燭在照明，走得快了，又怕燭火被風吹熄，所以走路的姿勢十分滑稽，穆秀珍在他的身邊經過，看到他的另一隻手還握了好幾根洋燭！

「嗨！」穆秀珍突如其來地一叫，嚇得那人一跳，手中的燭光也熄滅了，他連忙轉過身來，道：「你……你是什麼人？」

「別害怕，你們家中也斷電了，是不？」穆秀珍問。

「是……是啊。」那人似乎還在害怕。

「那麼，借兩根洋燭來用用可好？」

「這……不行，我也是才向人借來的。」那人伸手向前一指，「前面那家有，你再多走幾步，就可以借得到了，何必向我要。」

「你這人真是，」穆秀珍老大不願意，「反正你也是借來的，給我兩支有什麼關係，我又不是要得多，只要兩支就行了。」

「也好。」那人勉強地答應，他揀了兩支給穆秀珍，穆秀珍接過洋燭，道：「謝謝你了，再見，你住在哪裡？」

當她問到「你住哪裡的」時候，她人早已跳了開去了，她根本不希望那人回答她，反正她已經省去了走路，而弄到洋燭了！

那人沒有回答她，只是順手指了一指，道：「那邊……」他講了兩個字，便立即轉身走了開去，直來到一輛車子之旁。

然後，他登上車子，疾駛而去。

那個人，正是趙蒼。

穆秀珍興沖沖地拿著洋燭回來，高叫道：「洋燭來了，蘭花姐，你說快不快？你看，兩支紅燭，要不要點起來？」

「先點一支在茶几上。」木蘭花坐直了身子。

她看的小說正在緊張關頭上，那是一篇出色的科學幻想小說，叫「人體潛航記」，講一個關係重大的科學家，腦部發生了障礙，但是又無法施手術，於是將一艘原子潛艇和潛艇中的五個人一齊縮成一個細菌那樣大小，注射進科學家的身子，循著科學家的血管，航行到他的腦部，替他進行治療的故事，這是一篇想像力極其豐富的幻想小說。

穆秀珍依言點著了紅燭。

燭火雖然黯淡，但是只要湊得近些，也足可以看到書上的鉛字了。

穆秀珍在木蘭花的旁邊坐了下來。道：「蘭花姐，你在看什麼啊？」

「別來吵我！」木蘭花回絕了她。

「不吵就不吵，我坐在這裡，總可以吧！」穆秀珍鼓著氣。木蘭花卻只是抬起頭來，向她望了一眼，又低下頭去了。

穆秀珍打了一個呵欠，她覺得無聊，還不如打一個電話問問馬超文，看他是不是已經到家了，但是又怕被木蘭花笑話，還是上樓去用電話機打吧。

她懶洋洋地站起身子來，也就在這時候，她陡地看到，那支紅燭的燭焰突然由普通的紅黃色，而轉成了一種奇異的青藍色。

穆秀珍突然一呆間，一股異樣的香味已經滲入她鼻端，她不由自主地坐了下來，立時之間，只覺得天旋地轉，胸口發悶！

她最後聽到的一句話，便是木蘭花所說的一句：「秀珍，這洋燭你是哪裡……」木蘭花的那句話未曾說完，因為她也和穆秀珍一樣。

她比穆秀珍多支持了半秒鐘的時間，使她做了一件最有用的事，她拿起了書本，向燭火拍了下去，而她在拍熄了燭火之後，五指已連握住書的力道都沒有了，手一鬆，連書帶洋燭一齊跌到了地下，洋燭跌到了地上，自然熄火了，而在燭蕊部分，卻同時升起了一股黑煙來。

那股黑煙一升起來之後，便散發出一股辛辣的味道來，但是木蘭花和穆秀珍兩人既然已昏了過去，自然也覺察不到了。

趙蒼的車子一回到住所，他便走進臥室，和林勝通了一個電話，第一句話就是：「只剩下高翔一個人了。」

「你是用什麼方法害死木蘭花姐妹的？」

聽到林勝的語氣，似乎十分懷疑，趙蒼不禁「哈哈」大笑了起來，道：「十分簡單，我使她們要用我特製的兩支洋燭。」

「洋燭？」林勝仍然不懂。

「是的，燭蕊是特製的，第一吋燭蕊，是在『魔鬼草』根部的溶液浸過的，第二吋是在『死亡的刺果』果仁搾液中浸過的。你也曾在南美洲的原始部落中見過，你該知道，這兩吋燭蕊燃燒起來所發出的煙會有什麼作用的了。」

「噓——」林勝吹了一下口哨，「有你的。」

「哈哈，」趙蒼笑了起來，「這不算什麼。」

「她們已點燃了紅燭了麼？」

「是的，如今她們一定昏過去了，再過十分鐘，她們的心臟就會麻痺，就會死亡，明天，任何人也檢查不出她們的死因，她們的死亡證書上，將簽上『死於心臟病猝發』這樣的字眼，哈哈，老林，我們前進道路上的障礙除去了！」趙蒼又再次大聲笑著。

「趙蒼，」林勝忽然將聲音放得低沉，「我想到一點變更，是關於我們的計畫的，這點變更將使我們的計畫更加妥善，你快來商量一下好麼？」

「這……方便麼？」

「有什麼不方便，你快來，我等你！」林勝一講完，不等趙蒼再猶豫，他就收了線。

「我們的計畫有改變？」麗莎奇怪地問。

在林勝的面上浮上一個極其陰險的笑容來，道：「當然不是，但也可以說是的。」

「你這是什麼意思？」

「我們的計畫，唯一需要改變的地方，是它只要兩個人來進行，而不是三個人。」林勝的面色更加陰險，令人不寒而慄。

麗莎立即明白了：他要除去趙蒼！

「可是，」她急急地道：「趙蒼也不是善男信女，他有黨羽，如果我們幹掉他的話，他的黨羽豈不是要破壞我們的計畫麼？」

「我們不幹掉他！」林勝冷冷地道。

「你是說——」

「我們借高翔的手去幹掉他！」林勝一揮手，「你打電話給高翔，他不在家中，一定是在警局，你先打到警局去好了。」

「我不明白你的意思。」

「你不需要明白！」林勝一字一頓地說：「我是首領，只要我明白，然後你照我的命令去執行就行了，打電話給高翔！」

3 一場惡夢

麗莎還想說什麼，但是她終於未講出口來。

她拿起了電話，通知接線生接向總局，然後再找高翔聽電話。然後，她得到回答：高主任出去了，麗莎忙道：「我有要緊的事找他，他在哪兒？」

「市郊的一個發電站突然受到破壞，他去察看了。」

麗莎放下電話機，將話轉述了，林勝道：「那更好了，高翔一定已經發現中毒的是木蘭花姐妹了。」

「為什麼？」麗莎忍不住又問。

「很簡單。」林勝來回踱著步，「一個發電站被破壞，這是一件小事，絕對驚動不到高翔的，而高翔居然去了，那自然是因為高翔知道，這個發電站正是供應木蘭花家中這一帶用電的，所以他才去了，他去了之後，哪有不去看木蘭花的？」

「你是說，木蘭花她們已沒救了？」

林勝無可奈何地道：「如果高翔及時趕到的話，那麼木蘭花姐妹只怕已在赴醫院的途中了，唉，這就叫人算不如天算。」

「那麼我們的計畫——」

林勝不耐煩地揮了揮手。「我們的計畫是不要緊的，我知道，『死亡的刺果』和『魔鬼草』是兩種極毒的植物，燃燒它們的煙如果被人吸了進去，就算救活了，也將在床上躺一個時期，到那時，我們早已遠走高飛了。」

麗莎鬆了一口氣，向林勝做了一個媚笑，道：「那就好了，你知道，我多麼希望擁有皮裘，擁有鑽石，擁有一切！」

「那麼，你就打個電話到木蘭花的家中去找高翔！」

麗莎睜大了眼睛，疑惑地望著林勝。

「告訴高翔，害木蘭花的人是趙蒼，半小時後，他將走出這間酒店，要他帶人，在酒店外逮捕趙蒼，就可以替木蘭花報仇了！」

麗莎仍然不明白，她問道：「趙蒼被捕了，對我們有利麼？」

「你喜歡將我們的所得分成三份，還是分成兩份？」

「當然是兩份，但是他不會供出計畫麼？」

林勝笑了起來，他和趙蒼不一樣，笑的時候不出聲，一臉奸詐，他揚了揚手中的槍，向窗前指了指，道：「等他走出酒店時，高翔和警員一現身，我就在這裡向警方放槍，高翔一定以為那是趙蒼放的，於是還擊，結果會如何呢？」

麗莎踮起了腳尖，送給林勝一個香吻，道：「結果是趙蒼沒有機會作供了，而他又是死在警方的槍下，與我們無關，是不是？」

林勝有點粗魯地摟住了麗莎的纖腰，更毫不客氣地吻了下去，麗莎沒有抵抗，因為她知道，事情是否能成功，還要靠林勝！

林勝吻了麗莎好久，才放了開來。

麗莎立時去打電話。對方的電話，幾乎是一響便有人接聽，自電話中傳來的，是一個男子的聲音，道：「找誰？」

「找高主任。」

過了幾秒鐘，電話中又響起一個男子的聲音：「我是高翔，誰找我？」

「高主任，」麗莎十分急速地說：「害木蘭花姐妹的，是才從南美洲回來的趙蒼，他在半小時後，將會離開××酒店，你們可以在門口攔截，趙蒼，你是認識的，是不是？」

「你是誰，你怎麼知道？」高翔急急地問。

麗莎發出十分甜蜜的笑聲，然後放下了電話。

高翔拿著電話，發了十五秒鐘呆，也放下了電話，他轉過頭去，問道：「胡警官，兩年前逃走的勒索犯趙蒼，最近又溜回來了麼？」

「沒有接到報告。」一個警官立正回答。

高翔抬起頭來，本來是十分整潔的客廳中，現在是一片凌亂，醫院工作人員已然以最快的速度將木蘭花和穆秀珍送到醫院中去進行急救了！

她們是不是有救呢？從他踏進這裡起，到他接到那個電話為止，他簡直像是置身於一場惡夢之中，更糟糕的是：惡夢還未曾醒！

那個無頭電話是什麼意思呢？所報告的是不是真的呢？

半小時後，自己是不是應該依言前去呢？

害得木蘭花和穆秀珍兩人昏迷不醒的又是什麼呢？

醫生在逐步檢查兩人之後的結果怎樣呢？

高翔心中混亂到了極點，他向醫院打了一個電話，和他三分鐘之前打的一樣：醫生正在會診，進行急救，結果如何還不知道！

結果如何還不知道，這八個字像是八個金箍一樣勒在高翔的頭上，令得他頭痛欲裂，如果她們沒有救了呢？

高翔想起自己按鈴不應，翻牆進來時，在電筒光芒下兩人青紫色的臉，不禁自頭至腳都生出一股寒意！

他緊緊地握著拳頭，在那片刻之間，他下了決定：去！就算是敵人安排下的奸計，也得去闖一闖，那是唯一的線索了！

他來到門口，道：「胡警官，你回去查看有關趙蒼的一切資料，張警官，你帶兩個警員，跟我一齊行動，快！」

「是！」張警官跑了開去。

高翔走向一輛警車，張警官也帶著兩名警員趕到了車旁，四個人一齊上了車子，由高翔親自駕駛，他們的車子在離酒店三十碼的轉角處停下。

然後，四個人散了開來，兩個一組，守住了岔路。

兩年前的那件案子，那位張警官也有參加，所以他也可以認出趙蒼來，如果趙蒼真的從酒店中走出來的話，那是絕逃不了的。

他們緊張地等著，時間慢慢地過去。

高翔一直惦記著醫院中的木蘭花姐妹，他憂心如焚，恨不得脅生雙翅，飛到醫院的急診室去。但是突然之間，他將這一切念頭全驅開了！

一個衣著華貴的中年男子從酒店中走了出來。只消一眼，高翔便認出，那人正是趙蒼！

趙蒼在酒店外面略停了停，四面張望了一下，便向前走來，離高翔漸漸地近了，高翔向前迎了上去。

趙蒼還沒有發覺迎面而來的是什麼人，他仍然向前走著，直到兩人相隔只有六七碼時，趙蒼才突然發覺，向著自己走來的人是高翔！

他突然頓住，立即轉身！但是也就在此際，槍聲響了！

槍聲一起，幾輛正在行駛中的車子駕駛都因為突如其來的槍聲而失去了控制，車子在路上扭著。

趙蒼一骨碌向前滾去，滾向一輛停在路邊的車子。看他的情形，是準備轉過車子，躲到車子的另一邊去的。

然而也就在這時，高翔的手槍噴火了，第一槍，射中了趙蒼的左腿。趙蒼的身子向前一仆，他立時轉身還擊。

高翔的身子躲到了電燈柱後，子彈在他的耳際飛了過去，槍戰令路上的行人呆若木雞，不知如何才好。

高翔知道，槍戰如果繼續下去，對市民是極其不利的，他立即射出第二槍，第二槍射中了趙蒼的右手，趙蒼手中的槍掉了下來。但是，趙蒼卻立即左手再拔出槍來，高翔不等他再放槍，便射出了第三槍，那是射向他的左手的。

但是當高翔射出這一槍之際，趙蒼的身子卻向旁側了一側，以致那一粒子彈恰好在他的左胸穿了進去，正中要害！

趙蒼的身子猛地向後一仰！他的身後是一輛汽車，身子撞在汽車上，「砰」地一聲，清晰可聞。

高翔和張警官連忙奔了過去，趙蒼的身子又從車身上慢慢地向下滑來，滑到了地上，高翔奔到他的身邊，回過頭來，說道：「快召救護車來！」

然而，當他吩咐了孫警官再轉過去時，便發現自己的吩咐實在是多餘的了，因為趙蒼正在翻著眼睛，就要死了。

高翔看到趙蒼的嘴唇在掀動，他連忙湊過耳去，只聽得趙蒼吃力地講出了四個字來，那四個字卻令得高翔莫名其妙，當他還想追問時，趙蒼卻已死去了！

趙蒼的臨終遺言是四個字：魔術手法！

高翔立即將這裡的事情交給了張警官，他駕車趕到醫院去，一路上，他不斷地在想著：魔術手法，魔術手法，那是什麼意思呢？

趙蒼的行蹤，是什麼人告訴自己的呢？是他的同伴？為什麼要告訴自己？是窩裡反？那麼，他們準備進行的陰謀是什麼呢？只怕不是為了謀害木蘭花那樣簡單吧！

高翔的腦中充滿了各種各樣的疑問，而他又心急地要趕到醫院中，以致有三次交通警察駕車來追趕他。

但當交通警察一看到駕車的是高翔時，都一聲不出地退了開去，那並不是他們害怕高翔，也不是高翔可以享有開快車的特權。而是他們知道，高翔既然以這樣高的速度在行車，一定是有著極其重要的事情要辦，是絕不容許打擾的！

高翔一口氣趕到了醫院，到了急救室，他看到幾位著名的內科醫生，正和方局長在一起，他們的神色都十分緊張。

「怎麼樣了？」高翔隔著老遠，便大聲問。

他一開口，連他自己也不禁吃了一驚，因為他不知道何以自己的聲音變得如此乾澀！他連忙咳嗽幾聲，走向前去。

沒有人回答他的問題，每一個人卻用一種異樣的眼光望著高翔，在那一剎間，高翔只覺得天旋地轉，幾乎昏了過去！

他向後退出了幾步，靠住一個窗口站定，喘了口氣，問道：「怎麼樣了？怎麼一回事，怎麼沒有人開口，究竟怎麼了？」

高翔幾乎是在尖叫了！但是仍沒有人出聲。

只有方局長，來到他的面前，將雙手放在他的肩上，深深地吸了一口氣。

高翔覺得剎那間，自己宛若跌進了冰窖之中！他連再問下去的勇氣也沒有了！

過了好一會，方局長以一種十分難過的聲音道：「她們兩個人的心臟跳動已到了最弱的程度，醫生說，一點也沒有把握！」

「她們還沒有死，是不是？」高翔無力地問。

「是的，可是極度危險！」

高翔頹然地在長木凳上坐了下來。

走廊中又有人匆匆地走了過來，那是馬超文，他頭髮凌亂，面色蒼白，來到眾人的面前，一看到眾人的面色，馬超文便呆住了。

他望了望方局長，又望了望高翔，一句話也講不出來。

高翔也望著他，片刻，他才道：「超文，她們還沒有脫離危險期！」

高翔在講了這一句話之後，心頭突然一陣發酸，他的眼淚幾乎奪眶而出！

他從來不是感情脆弱的人，但是，他在木蘭花身上付出的感情太純真了，如今木蘭花是生是死尚未可卜，最著名的醫生都說沒有把握，他心中怎能不難過？

但是，他終於沒有哭出來，他只是緊緊地握著雙拳。

馬超文的聲音中更是充滿了哭意：「她們怎樣了，我可以去看看她麼？我要去看她，我一定要去看看她，我要——」

馬超文由於心情太緊張了，他竟忘了這裡是需要維持安靜的醫院，而叫嚷了起來。兩個護士立即走過來，將他扶住。

馬超文陡地住了口，護士扶著他在高翔的一邊坐下。

兩個人都不再出聲，走廊中也沒有人出聲，一片難堪的沉寂籠罩著每一個人的心頭，在那陣難堪的沉寂之後，則是死亡的恐懼。

然後，幾乎是突如其來地，又有一大群人走了過來。那一大群人，是高翔和方局長以及在場的警官所熟悉的。

他們是本市報館的記者和採訪主任。

方局長一看到他們，立時和幾個高級警官互望了一眼。記者群的出現，當然是為了木蘭花姐妹而來的，這也正是令得方局長疑惑的地方，因為方局長嚴禁消息洩露，他只不過通知了馬超文一個人，那還是因為馬超文是穆秀珍的未婚夫！

照理來說，記者的消息再靈通，也是不可能知道的，而且那麼多記者一起來，那一定是有人對他們進行了通告的原故。

兩個老資格的採訪主任，一看到方局長在，便快步走了過來，道：「方局長，你在這裡，那麼木蘭花姐妹一定是在這間醫院了，她們的情形怎麼樣？」

方局長在平時是最肯和報界合作的，但今天他卻不想人家知道木蘭花姐妹正和死神搏鬥的消息，是以他面色一沉，道：「什麼木蘭花姐妹，我不知道。」

老資格的記者是善於鑑貌辨色的，那兩人忙道：「局長想保守秘密麼？那麼值班警官何以又通知我們這個消息呢？」

「高翔，」方局長揚起頭來：「打電話回去問問總值警官，有沒有這件事，你們快走吧，我想這是一件誤會，一件誤會！」

記者們都沒有出聲，他們已找了許多醫院才來到這裡的，而他們來的時候，的確是有人自稱警局的值班警官來通知他們的，他們採訪不到消息，自然失望，但是所有的記者，沒有一個表示不滿。

他們當然知道方局長是在說謊，是不想透露消息，但是他們也知道方局長所以如此做的原因，因為木蘭花傷重垂危的消息若是公諸報章，那麼對整個社會來說，是一個重大的震動，多少不法分子又會趁機活動，對於整個社會來說，是絕無好處的。

報紙的責任，自然是將消息都報導給讀者知道，然而也只有最不道德的報紙，才會將社會有害的新聞大肆渲染。

高翔打完電話回來了，他向各報記者道：「對不起，各位，值班官說他從未曾和各位通過電話，我相信那一定是誤會！」

他頓了一頓，咳了兩下，想調整一下他瘖啞的嗓子，但是他一開口，語音仍然是十分乾澀，他道：「請各位合作。」

記者們都會意地點了點頭，相繼離開。

只有一個身材矮小的中年人落在最後，他慢慢地向高翔走來，在高翔的肩頭上拍了一下，道：「高主任，我有幾句話和你說。」

高翔搖頭道：「我也沒有消息可以奉告。」

「你錯了，高主任。」那位記者微笑，「這次是例外，我不是向你拿消息，而是我有一個線索向你提供。」

高翔呆了一呆，他不明白那人是在說真話，還是轉彎抹角地在向他套消息。當有消息需要保密時，如何應付老練的記者，這是一門極深的學問！

高翔已在警局中工作了不少日子，他自然知道，最主要的，還是要奉行三個字：不開口！是以他默不作聲。

那位記者續道：「我們報館一接到警方的電話，必然立時錄音，那通知我們說木蘭花姐妹中了奇毒的電話也錄了音，既然這個電話不是值班警官打來的，那麼我們報館的錄音對於捕捉這個惡作劇者，或許有一點用處，是不是？」

這時候，木蘭花和穆秀珍兩人尚未脫離危險期，她們還在死亡線中掙扎，高翔的心中只覺得一片混亂，那記者在講些什麼，他也根本沒有留意去聽，然而，等那記者講到最後時，高翔的心中卻陡地一動，他挺了挺身子，道：「你將你剛才說的再重複一遍！」

那記者又一字不易地重說了一遍。

「那麼，」高翔連忙說：「請你將錄音帶拿來給我。」

「拿到這裡來？」

「嗯……」高翔猶豫了一下：「不，拿到我辦公室去，這樣吧，我派人跟你去取好了。」

「都可以。」

高翔向一位警官招了招手，那警官來到了他的面前，他吩咐了幾句話，警官和記者一齊離去，高翔則來到了方局長的面前。

方局長苦笑了一下，道：「別難過，高翔。」

高翔長長地呼了一口氣，道：「局長，我回辦公室去，你一有她們病情變化的消息，便立時打電話通知我，立時！」

方局長點了點頭。

高翔也不再和別人打招呼，他轉過身，便向外走去。

當他駕車回辦公室去的時候，他竭力使自己混亂的腦子清醒些，他告訴自己：緊張、焦急，是完全沒有用的，不論木蘭花姐妹是不是脫離得了險境，自己總得將害人的人找出來。

這件事，本來是幾乎連一點線索也沒有的，但如今總算有了一點線索，那線索便是那位記者所提供的那卷電話的錄音帶。

高翔會將那個電話的錄音帶當作主要的線索，並不是沒有理由的。當他還在木蘭花家中的時候，他便接到了怪電話，那電話告訴他，下毒的人是趙蒼。而他趕到了酒店門前，趙蒼果然出現，而且死在他的槍下。但是高翔一直不認為趙蒼是凶手，因為趙蒼臨死的時候，講了一句十分奇怪的話。

趙蒼說：那是魔術手法！這句話乍一聽來，的確十分費解，但是仔細一想，倒也不難找出這句話的真意來。

如果趙蒼是被人出賣的，那麼他死前的這句話，就是說出賣他的人，是在用「魔術手法」了！當高翔接到這個電話的時候，他原也未曾想到，那可能是內鬨。

誰是趙蒼的合夥人，誰是出賣趙蒼的人，誰是打電話通知各報館的人，這個人，便是案中的關鍵，找到了他，一切也迎刃而解了。

對於這個人，高翔本來是一點線索也沒有的。但如今，高翔將會有他的一小段錄音帶。

一小段錄音，好像是沒有什麼用處，但是卻不然，那是極有用的線索。科學家已證明，每一個人，由於身體構造的大小，喉骨、聲帶都有些不同，所以每個人所發出來的講話聲也是不同的。

科學家更證明，面目相似的人，所發出的講話聲也相似，這證明了偵探學上極重要的一點——其重要之處，幾乎和指紋的發現不相上下，那就是，根據一個人的聲音，通過聲波檢定儀的檢定，便可以知道這個人頭部骨骼構造的大致情形。

而有了骨骼的素描，再加上肌肉，便可以得到這個人的大致面貌。得出的面貌儘管不會百分之百的精確，但也有六七成。

而且，如果那人的面上是有特徵的話，那更是逃脫不了的，高翔有了那一小段錄音帶，實際上就和有了凶徒的一張相片差不多，當然，那是一張相當模糊的相片，但是無論如何，那總是一項極其重要的線索！

高翔回到辦公室後，不到三分鐘，去取那錄音帶的警官也回來了，高翔將那段錄音帶放了幾遍，那是一個聽來相當濃濁的男子聲音。

高翔離開辦公室，來到音波檢定室，他和兩個技術人員一齊將錄音帶放進了儀器之中，按動了幾個儀器上的鈕掣。

那具儀器上的音波表不斷地有音波的震盪紋出現，然後，在一面灰白色的玻璃之後，自動化的儀器開始繪出一個人頭部的形狀來。

前後只不過歷時二十分鐘，在那塊玻璃板上，便出現了一個完整的人頭像，那是一個眉毛十分濃，雙眼深陷，嘴唇十分薄的中年男子。

當然，事實上那人的樣子，和玻璃板上出現的人，多少會有些出入，但是，即使是有出入，高翔也知道那出入不會太大。因為如今在玻璃板上出現的那人，使他覺得很面善——

那是一個典型的罪犯的臉孔，處處透著邪惡，並沒有什麼突出的特徵——這也是最使高翔感到困惑之處，因為這使他只感到那人面善，而令他不能肯定那是什麼人。

然則高翔有一點可以肯定的，那便是這人一定曾犯過案子！

也就是說，那人有檔案存在警局中！

4 奪命紅燭

高翔作出了兩個決定：

一、他命令技術人員將在玻璃板上出現的人像複印下來。

二、將複印下來的人像，交給檔案室的工作人員，徹夜檢查檔案，發現和那人像略有相似的人，便將他的檔案挑揀出來。

高翔知道這樣做，可以將偵查範圍縮得最小。

他自己則回到了辦公室。

他剛一踏進辦公室，電話鈴就響了起來。

高翔直衝到電話旁，但是，當他的手碰到電話聽筒的時候，他的手指卻不由自主地在發抖，幾乎沒有勇氣拿起電話來！

他知道電話是誰打來的，那一定是方局長。而方局長打電話給他的原因，是告訴他木蘭花姐妹病情的變化。

是好的變化，還是壞的變化呢？高翔只覺得電話聽筒有千斤重！

但是，他還是拿起了電話來。

在拿起電話的同時，他深深地吸了一口氣，然後，他聽到了方局長的聲音：「高翔麼？為什麼那麼久才來接聽？」

「沒……沒有什麼，我剛走開了。」

「木蘭花和穆秀珍剛才一度發生休克……」

高翔的手劇烈地抖動了起來，他雖然不是醫生，但是一個心臟本已衰弱到極點的人再發生「休克」現象，那表示死神又接近了一步，他卻是知道的。

他想問方局長，但是竟出不了聲。

「經過了緊急搶救，」方局長的聲音繼續傳來：「兩人的情形反倒有了好轉，但是……」他的聲音又變為低沉：「還未曾脫離危險期。」

「謝謝你，」高翔抹著自他額上直滲出來的冷汗，「我正在根據線索，調查謀害她們兩人的凶手，相信不久可以有眉目的。」

「你自己要注意。」方局長殷切地吩咐，「蘭花已遭了毒害，如果歹徒有大規模行動的話，只怕下一個目標就是你了。」

「是的，我知道。」高翔一面說，一面放下電話。

直到他放下了電話之後，高翔才意識到事態的嚴重，方局長的話，再次在他耳際響起，使他警覺到，自己若是再因為木蘭花姐妹的病情而茫然若失，失去了原來的機智的話，那麼，他極有可能反而比木蘭花和穆秀珍兩人更早送命！

歹徒謀害木蘭花和穆秀珍究竟是為了什麼，高翔也說不上來，但是十之八九是為了挾怨報仇，而對付各種歹徒，高翔幾乎是和她們兩人在一起的。

歹徒會只對付木蘭花、穆秀珍兩人，而放過他麼？當然不會！

高翔知道這一次，是自己和木蘭花、穆秀珍合作以來，事情最凶險的一次，因為以往，他們三個人總是處處佔著上風，然而如今連敵人是什麼模樣，什麼來路也不知道，木蘭花和穆秀珍便已中了暗算，只剩他一個人在支撐局面了。

以往，有哪一次有如此凶險的呢？

高翔站在辦公桌旁好一會，直到有人敲門，他才陡地驚起，道：「進來！」推門而入的是偵查科的科長，他手中捧著一疊檔案，道：「高主任，穆小姐家中的事件，我們的意見全在這裡了。」

「我想聽聽你的總結。」高翔說。

「好的，我的總結是，中毒來源是兩支紅燭，那兩支紅燭，一支已經點燃過，另外一支還完好，化驗室的人說，這種紅燭，是名副其實的奪命紅燭。」

「嗯？」

「紅燭的燭蕊，浸過兩種毒藥，在燃燒的時候，這兩種毒藥受熱揮發，化為氣體，而那種氣體，吸入人體之後，便造成血液循環的惡化，能在極短的時間之內致人於死，木蘭花和穆秀珍就是因為吸進了這種氣體才遭禍的。」

高翔緊緊地握住了拳頭。

他的心中對於事情是怎樣發生的，也已經有了概念了，那無疑是一個極其狡猾的歹徒的傑作，歹徒並不將紅燭送到木蘭花的手中，而是先去破壞木蘭花住所附近的發電站，使她們需要紅燭，這才使他的計謀得以實現，如果自己遲了一步的話……

高翔想到這裡，不由自主打了一個冷顫，如果他不是因為發電站是在木蘭花的住處附近，因之下意識地感到可能有些意外而到的話，那麼木蘭花和穆秀珍兩人一定是早已不在人世了！

「歹徒先破壞了電箱——」偵查科長繼續說。

但高翔卻揮手打斷了他的話頭，道：「我知道了！」

偵查科長退了出去，高翔按下了一個通話器的按鈕，道：「是檔案室主任麼？可有找到和那人像相似的人？」

「有，找到了一個。」

「送來給我。」

「可是……」檔案室主任似乎還有話要說。

「送來給我！」高翔卻大聲地重複著。

不到一分鐘，檔案室主任將一份檔案送了進來，高翔立時翻閱檔案，那人叫作范音，面目倒是和玻璃板上出現的人像有幾分相似。

但是高翔翻到後面，卻不禁苦笑了起來。那個范音因為持械傷人罪，正在監獄之中服刑！

這當然不是他要找的人，他抬起頭來，道：「一有發現，立即送來給我。當然，檔案是如此之多，要找並不容易，但是必須找齊！」

「是！」檔案室主任退了出去。

高翔雙手支頭，坐在椅子上。

大約每隔上半小時，就有幾份檔案送過來。高翔一份一份地檢閱著，他剔去了和人像只有些許相似的人，而留下和人像相似較多的人的檔案，二十四名檔案員足足忙了一夜。

到第二天八時四十分，所有的罪犯檔案都被檢查過了。

交到高翔手中的檔案是三十七份，在這三十七份檔案之中，有二十二份檔案的主人正在監獄之中服刑，有三個甚至是已死去了的，還有四個，高翔確知他們已改過歸善，還有七名，高翔認為相似的地方太少，不作考慮，這樣，到了八點五十分時，他手中只剩下了三份檔案。

而他審視最多的一份檔案，那張相片，與音波檢定儀玻璃板上出現的人像十分相似，檔案的主人，名字是林勤亮，又名林勝。

林勝起得十分早。

昨天晚上，可以說是他最感到得意的一晚。

他不但知道趙蒼已巧妙地使木蘭花姐妹進了醫院，而且，他又用了更巧妙的手段使趙蒼死在警方的槍下。當他在窗口看到趙蒼的屍身被抬上黑箱車的時候，他幾乎大聲叫起來，他以為警方會到酒店中來調查一下情形的。

但是出乎他意料之外的是，警方人員撤走後，居然未曾到酒店中來查勘一下。

那其實是不足為奇的，因為昨天晚上，警方的高級人員都因為木蘭花姐妹的事而集中在醫院之中，事實上根本無人指揮了！

林勝並不知道木蘭花姐妹兩人的情形究竟怎樣，他自己當然不能到醫院去查看，即使是派麗莎去也是不適合的，是以他向各家報館打了一個電話，希望借記者的採訪而得到木蘭花和穆秀珍兩人確實的情形，以便決定自己的行事計畫。

但是，當他一早打開本市的幾份主要報紙時，卻發現沒有一張報紙是記載著木蘭花姐妹遭到暗算的消息的。

林勝在起先不免感到有點意外，但是隨即，他就高興莫名，因為報紙一點消息也沒有，這說明警方對消息進行了封鎖，而警方封鎖消息的原因，當然是因為情況極壞！

林勝在八時四十分時，已經穿著定當了。

這時，麗莎推開了他的房門，向他望了一眼，兩人並沒有講話，只不過是相互望了一眼，點了點頭，麗莎便退了出去。

在麗莎退出之後的兩分鐘，林勝拿起了一隻公事包，邁著莊嚴的步伐也走了出去，他看來十足是一個莊嚴的紳士。

林勝下了升降機，走出酒店的大門。

當他步下酒店石階的時候，他看到麗莎正登上一輛計程車，一切和他的計畫吻合，並無錯誤，他已經演習過好幾次了，那是不會錯的。

麗莎向國家基金銀行去，他卻並不，他在登上了一輛汽車之後，卻不是向國家基金銀行去，雖然他今天行事的目標是基金銀行。

基金銀行面前，停著三輛裝甲車。

那三輛裝甲車，是昨天晚上載運大量現金來銀行的，因為今天是發薪日，而所有政府機構以及國營的企業人員的薪金，全是由國家基金銀行支付的，這是一筆為數極大的現金，是以三輛裝甲車依例留在銀行面前，來幫助守衛。

而當麗莎趕到銀行門前的時候，三輛裝甲車開始移動，開走了。因為銀行開始營業，巨額的現款將被各單位陸續提走。

麗莎在銀行旁邊的一條馬路上停了下來，取出小鏡子來補著臉上的妝容，不能不承認她是一個十分好的演員，因為這時，她看來正是一個有些神經質的婦人。

這時，銀行還未曾開門，守衛在銀行大門之前來回走動。

對於停留在銀行附近的人，守衛是一定會加以注意的，然而他們卻並不注意麗莎。

那當然不是因為麗莎看來不像是壞人，他們不注意麗莎完全是有原因的，而這也是林勝苦心擬定的計畫中的一部分。

麗莎在銀行中有一筆為數相當大的存款，這四天，每天早上，銀行還未開門時，她便在銀行門口出現，等候銀行開門，而且不止這樣，每當八點五十五分，銀行經理金普森先生的汽車停在銀行門口，跨出汽車之際，麗莎也必然迎向前去，向金經理招呼，喋喋不休地講一些沒有意義的話。

銀行保險庫的開庫時間，是設在八時五十七分，每天八時五十七分，會計主任和出納主任便會打開保險庫。

而經理則是監視開庫的人。

三分鐘後，銀行便開始營業，任何人可以走進銀行大廳，然而在九時之前，卻是任何人都不能走進銀行去的，如果說有例外，便是麗莎。

麗莎在第一天，第二天，迎著金經理，向他囉嗦不已的時候，到了銀行的大門口便被金經理客客氣氣地擋了駕。

可是第三天，第四天，金經理已經知道她是大客戶，而且又是略帶神經質的女人，似乎對她的錢放在銀行中十分不放心，所以，當麗沙堅持要進入銀行的時候，金經理也就沒有拒絕，所以，不但守衛認識她，行內的職員也認識她。

有些職員甚至還猜疑她可能是金經理的情婦！使得銀行中的人對麗莎有印象，而且，一看到麗莎，就想到她身邊出現的應該是金經理——在銀行職員的心目中造成這樣一個印象，這是林勝計畫中最主要的一環！

這一環由麗莎來執行。而麗莎顯然執行得非常成功。

她站在銀行的大門旁邊，今天，她多少有點緊張，因為她不時地看著手錶，但是那兩個守衛卻沒有注意到她的神態有異。

金普森是本市出名的銀行家之一，他在銀行界服務了近三十年。三十年的銀行工作，使他養成了絕對遵守時間的習慣。

是以，當他的黑色大型房車停在銀行門口之際，絕不會是八時五十五分半，也不會是八是五十四分半，一定是八時五十五分。

守衛對於金經理自己駕車前來，也沒有覺得什麼意外，因為司機是一個月有兩天休假的。一個守衛快步走下去，拉開了車門。

金經理跨出了車子，麗莎立即迎了上來。

像往日一樣，她大聲地講著話，道：「金經理，我想我改變主意了，我在銀行中的存款，還是提出來投資地產生意的好！」

和以前幾天不同的是，第一天，她說要做股票，第二天和第三天要改存其他的銀行，第四天，她則表示要做進出口生意。四次都是被金經理曉以利害，打消了她的念頭。

昨天，金經理和她甚至在經理的辦公室中詳談了半個小時，今天，她又有新的主意了。金經理搖著頭，向前走著。

麗莎緊緊地跟在他的身邊，金經理似乎不願意和她多說，只是向門口走去，守衛連忙推開了門，金經理則向麗莎招了招手，兩人一齊走了進去。

已在行內等候的兩位主任，一齊迎了上來。他們看到麗莎，不禁皺了皺眉頭。但是他們也不引以為奇，因為他們也看慣了，他們立即轉過身，向前走去。

進入銀行的內部，在經過金經理的辦公室的門口時，金經理推開了門請麗莎進去坐，麗莎還在叫道：「金經理，快回來和我討論存款的問題！」

金經理連連點頭。

由經理室的門口再向前走幾步，便是保險庫的大門，兩位主任便忙碌地操縱起庫門上的電子鎖來，金經理站在庫門之外。

她推開門後，拋出了幾團白色的東西。那幾團白色的東西落地之後，立即滾到了屋角。由於地上鋪著厚厚的地氈之故，那幾團東西落地之際，是一點聲音也沒有的，那幾團東西只不過是浸了某種液體的棉花而已。

棉花上的液體開始蒸發，正在準備開始接待顧客的銀行職員，這時都聞到了一股異樣的香味，十分好聞，使得聞到的人都忍不住用力嗅上幾下。

而那種透明的液體，事實上卻是從出自南美洲亞馬遜河上游的一種毒蘇草的根部提煉出來的麻醉劑，液體在蒸發的時候發出一種十分好聞的香味，誘使人要作深呼吸，將之吸入更多。如果吸入極少量，那麼這種麻醉劑會使人興奮，等到吸入再多一些，那麼人就會產生各種各樣的幻想和幻景，而在兩分鐘之內，人便會昏迷不醒。

當地的原始土人部落將這種麻醉劑供若神明，每次有狂歡大會時，總是先嗅上一下那種香味，使人興奮，或是產生了各種幻象之後再舉行的。

這時候，只看到銀行職員，有的站了起來，有的面上忽然露出古怪的笑容，有的竟哭了起來。但是這一切，都只不過是大半分鐘之內的事情。

現代化都市中的文明人，抵抗力顯然遠不及原始森林中的土人，土人要吸入麻醉劑之後兩分鐘才開始昏迷，但是如今，不到一分鐘，銀行之內，便再也沒有清醒的人了——當然，麗莎和金經理兩人因為口中含著另一種草根，可以抵抗那種氣味的麻醉力量，所以未曾昏倒。

而保險庫的庫門，這時也已經打開了！兩個主任昏倒在地上。

麗莎從經理室中穿了出來，金經理打開公事包，公事包內，並不是什麼重要的文件，而是兩隻可以折疊的旅行袋。

那兩隻旅行袋張開來後，足有兩呎長，一呎高和一呎闊，是鋼骨和極其堅韌的皮所製成的，麗莎和金經理開始將一疊一疊的大額鈔票搬入袋中，他們的動作十分快，因為他們可供利用的時間只有兩分半鐘，他們必須在九點之前走出銀行。

一到九點正，守衛便會將大門拉開，顧客進來，他們的把戲也自然演不下去了，將鈔票從保險庫中搬入袋內，花了一分半鐘。

他們兩人各自提起一隻沉重的袋子，走到大門口時，透過玻璃門，可以看到對面大廈上的巨鐘，正指著八時五十九分。

他們的車子仍然停在銀行門口，在車子旁有一個警員，因為那是不准停車的地方，那兩個守衛正在車旁和那個警員講著什麼，可想而知，守衛是告訴警員，這是銀行經理的車子。

這一切，也全是計畫中應該發生的事情。

他們兩人推開大門，走下了石階。

只聽得兩個守衛道：「好了，我們經理來了，經理，警員說這裡——」守衛的話還未曾講完，便突然停住了。

因為今天金經理的行動十分怪異。他不但提著一隻大袋子，而且還立即拉開門，閃進了車子之中。

兩個守衛互望一眼，都覺得奇怪，而且，他們立即覺出，金經理不但舉止有異，而且面目似乎也不怎麼像，人們陡地想到，這個人是個陌生人，不是金經理！

然而，當他們兩人想到這一點，而還未能肯定之際，金經理早已踩下油門，汽車一個急轉彎，便向前直竄了出去，那警員還根本不知道發生了什麼事。

他是為了干涉非法停車而來的，車子既開走了，自然也沒有他的事了，是以他聳了聳肩，便待向外走了開去。

那兩個守衛心中驚疑不定，就在這時，對面大廈的巨型鐘「噹！噹！噹！噹！」地敲響了，他們推開玻璃門，向銀行大廳跨出一步，也就在這時，他們看到了銀行裡面的情形，立即大叫了起來，那個警員連忙回頭，向銀行奔去。

九時零二分，高翔還在審視那三份檔案。

這時，他已放下了林勝的那份，拿起了另一份來。

也就在此際，電話鈴聲和急促的腳步聲幾乎是同時傳過來的，高翔立即意識到有什麼極不尋常的事情發生了！

他只覺得身子一陣發軟，手按在電話機上，沒有力氣將電話拿起來，他以為那一定是醫院傳來不幸的噩耗了！

門被急驟地敲著，高翔沉聲道：「進來。」

推門而進的是偵緝隊長和總探長、副部探長三人，高翔這時拿起了電話，他在電話筒中聽到了聲音和衝進他辦公室來的三個人口中所吐出的聲音是一樣的：

國家基金銀行發生搶劫案！

高翔「啪」地放下電話，霍地站了起來，將三份檔案用鋼托夾壓好，大聲道：「你們快到現場去，快！我隨後就來！」

三位高級警官立時退了出去，不到半分鐘，「嗚嗚」的警車聲驚心動魄地響了起來，好幾輛警車一齊衝出了警局。

高翔自從參加了警務工作以來，這種警車聲，他是早已聽慣的了，然而此際，他只覺得那種聲音像是利斧一樣地在砍劈著他的腦袋！

他覺得一陣又一陣的頭痛，幾乎站也站不穩！

那絕不是他一宵未睡的原故，他的體力足可以支持三個晚上不闔眼，那是他為了木蘭花而過度憂傷的結果。再加上銀行劫案的消息傳了過來，使他立即意識到木蘭花和穆秀珍兩人的事和國家銀行的劫案是有聯繫的。

也就是說，一個凶狠狡猾的匪徒，止一步一步的取得勝利，而警方則處在節節敗退的情形之中，不但敗退，而且敗得十分慘！

高翔是主持警政的人，警方的失敗，就是他的恥辱，那是他事業上的絕大打擊，而且這個打擊，還牽涉到木蘭花和穆秀珍的生命！

5 魚兒漏網

高翔在警車的「嗚嗚」聲中頹然地坐了來。

然而，像是椅子上有著大紅的烙鐵一樣，他立即又跳了起來，他絕不能讓匪徒得逞，木蘭花姐妹在醫院中，終夜和死神搏鬥，還未曾脫離危險期，方局長年紀已長，反應不免遲鈍，一切責任，等於都落在他一個人的身上了，他怎能失去鬥志？

高翔一躍了起來之後，利用內線電話接連下了幾道命令。這些命令，包括封鎖街道，對一切離開本市的陸海空交通工具作嚴格的檢查等等。

然後，高翔走出了辦公室，跳上了一輛摩托車，向國家基金銀行飛馳而去，等他到達銀行的時候，總探長已經在兩個守衛口中問出一些眉目來了。

醫官也被召來，將昏迷不醒的銀行職員一車車地送到醫院去急救，由於所有的銀行職員都昏迷不醒，是以損失數字也不知道。

由於那兩個守衛的口中提到金經理，總探長早已派人到經理的住宅去了，在高翔到達之後不久，派去的人回來報告說金經理未曾回家。

幾乎在同時，有四輛巡邏警員發現金經理也被送到醫院中去了。

有關的主要人物雖然還在昏迷的狀態之中，但是高翔卻對這次劫案已經有一點概念了，他儘管痛恨這次行事的匪徒，但是他卻也不得不佩服這個匪徒行事的大膽，縝密和細緻，不得不佩服這個匪徒的行劫計畫天衣無縫，美妙之極。

高翔已可以肯定，今天早上來「上班」的那個金經理，是匪徒假扮的。匪徒一定早已偵悉了金經理司機休息的日子，是以在金經理的住宅附近攔住了金經理的車輛，將他弄昏，然後，自己便扮著金經理的模樣，堂而皇之地走進了銀行。

一個人去扮另一個人，是絕不可能扮得十分相似的。假扮的經理可以瞞得過門口的守衛，卻是難以瞞得過銀行的職員和開庫的兩位主任。於是，這位匪徒便接連幾日，安排了一個神經質，大聲講話的女人，這女人毫無疑問是匪徒的同黨，她每天出現，幾天下來，在所有人的心目之下，成了注意的中心，而且，使人自然而然地想到，在這個女人身邊的人一定是金經理。

在那樣的情形下，即使假扮的金經理不怎麼像，也不會引起人家的懷疑了。這個匪徒，若不是精通心理學，是絕做不出這樣大膽的計畫的！

這不是普通的犯罪，也正因為如此，高翔便感到格外頭痛。至於銀行職員昏迷的原因，連在場的醫官都莫名其妙！

高翔知道，銀行職員的昏迷，一定是在極短的時間之內發生的，令得銀行職員昏迷的，當然是一種十分劇烈的麻醉劑。而醫官找不出這種麻醉劑的名字來，那可能是由於這種麻醉劑是來自蠻荒不毛之地，是還未被文明世界接受的東西。

那種麻醉劑和令得木蘭花姐妹中毒極深的毒氣，無疑地是同一來路，它們來自什麼地方呢？是非洲，還是新幾內亞，抑或南美洲？

高翔本來是雜亂無章地在想著的，可是當他一想到南美洲，他的心中陡地閃起一道亮光來，南美洲！南美洲！

昨天晚上，他已查閱過趙蒼的檔案，知道趙蒼是在兩年之前漏網，據說是逃到了南美洲去，不知他何時溜回了本市。而他在審閱林勝的檔案時，看到過林勝的下落，也是逃到南美洲去的，而且是同一個案件，也就是說，他們早是相熟的。

由一條線索變為多條線索，如今，事情已經漸漸有些眉目了，林勝和趙蒼以及另一個女子是合夥人，可是在行事的前夕，林勝和那女人卻又出賣了趙蒼，使趙蒼死在槍下，而林勝則和那個女搭檔去行事，他們已順利地得手了！

高翔的心中，想到了一定程度的興奮，因為事情發展到這一地步，已可以說大有眉目了。他也沒有必要再留在銀行中了。

他將事情略為交代了一下，便離開了銀行，他不得不佩服本市新聞從業員的工作能力，因為當他離開銀行的時候，已經有報童在高叫賣號外了！

林勝駕著車，麗莎坐在車後，兩大袋鈔票放在兩人的身邊，林勝的確是一個傑出的罪犯，在那樣緊張的情形下，他仍然將車駛得十分平穩！車子轉了兩個彎，便停了下來，兩人提著袋子下車，跳上了另一輛車。

那輛車子一直向前駛著，車中的兩個人也不說話，車子來到一個低級商業區中，在一家下等酒店門前停了下來。

林勝和麗莎兩人提著袋子，走了進去。

酒店的內部，陰暗而凌亂，根本沒有人注意他們，只是在他們上樓梯的時候，有一個醉酒鬼迎面走了下來，一面打著酒呃，一面揚著手中的空酒瓶，大著舌頭叫道：「嗨，魔術師你好！」

林勝含糊地答應了一聲。

在這間酒店中，誰都知道他和麗莎是一對靠表演魔術謀生的魔術師。而林勝也早已除去了小鬍鬚和臉上的一切化裝。

他們進了自己房間，將兩大箱鈔票重重地拋到了床上，然後，麗莎一縱身，便過去抱住了那兩大箱鈔票，嘆道：「多麼好啊！」

林勝陰陰地笑了一下，坐了下來，解開了頸項間的領結，道：「多麼完美的計畫，我們可曾留下了什麼線索沒有？」

「當然沒有！我們什麼時候離開這裡？」

「我們不離開這裡。」林勝冷冷地說。

「你……這樣說是什麼意思？」

「我是說，我們繼續表演魔術，絕不離開這裡，而在這裡，至少等上三年！」林勝站了起來，狠狠地望著麗莎：「你明白了麼？」

「不，」麗莎抖了抖頭髮，「我要離開這裡，這裡面的錢，足夠使我享受得像公主一樣，我要買貂皮大衣，要買最大的鑽石戒指。」

林勝的面色鐵青，他一步一步地向前逼去，來到了麗莎的面前，道：「如果你沒有耐心等上三年，那麼你只能穿囚衣，戴手銬！」

「我要走，」麗莎有點近乎瘋狂，那麼多的鈔票的確是會使人瘋狂的，「你將我的一份給我，讓我帶走好了——」

麗莎的話剛一講完，林勝已經揚起巨掌來，猛地向麗莎的臉上重重地摑了過去，「叭」地一聲，將麗莎摑得向後仰跌在床上。

但是麗莎立即跳了起來，一翻身，提起了一箱鈔票，喘著氣道：「你打我，好，你打我，我們拆夥了，這箱鈔票是我的！」

她一面說，一面大踏腳步地向前走了出去。

但是當她來到了門口之際，她的身子突然挺了一挺，她手中的手提箱也「砰」一地落到了地上，散了開來，一疊又一疊的大額鈔票，散落在她的足下，她身子異樣地挺著，雙手則一齊抓向背後，想將正插在她背心上的一柄刀拔出來。

然而那把飛刀卻只有柄剩在外面，由於飛刀插進的是如此之深，如此之快，而刀柄上又裹著一層手巾的原因，幾乎沒有什麼血流出來。

麗莎的十指由彎曲而伸直，由伸直而彎曲，幾次之後，她的身子便倒了下來，她的雙眼睜得老大，那自然是死不瞑目了。

林勝在飛出了那柄飛刀之後，便立時轉過了頭去。

他知道自己的飛刀是一定不會失手的，也知道麗莎一定難以活命的，他不必去察看結果，而他之所以轉過頭去，也不是因為他怕看麗莎的死相，他是因為自己的計畫遭到了破壞，而心中在發怒。

他的計畫，的確是天衣無縫的，他為自己安排了雙重身分，而在劫案發生之後，他將繼續在遊樂場中表演魔術為生，誰會懷疑到一個走江湖的魔術師呢？

過上一年半載，等到事情漸漸地冷卻下去了，他就可以帶著巨額的現金，遠走高飛。當然，殺死麗莎，獨吞鉅款，是他計畫之中的事情。然而，那卻不是現在，而是在一年半載之後！

可是他卻未曾想到麗莎在得手之後，竟會變得如此近乎瘋狂，竟要提著一箱鈔票和他拆夥，這逼得他不能不下手了！

如今，怎樣處置麗莎的屍體呢？又怎樣向遊樂場解釋「女助手」忽然失蹤一事呢？又如何仗著魔術師的職業來掩護自己呢？

他的計畫被全盤打亂，一時之間，令得他不知怎樣才好，他轉過身來，狠狠地在麗莎的身上踢了兩腳，又將鈔票放在箱子中。

本來，在這間下級酒店的床下，他已做好了一個暗格，是足可以放這兩袋鈔票的，但如今，他逼得非離開這間酒店不可了。

林勝提起了兩箱鈔票，慢慢地拉開了門。

暗黑的走廊中一個人也沒有。

他打開門，閃身而出，又立即將門關上，便向樓下走去，那個醉鬼已歪著頭，坐在樓梯上睡著了，林勝來到車中，仍然在不斷地咒詛著麗莎。

但是，六個小時之後，他便知道，麗莎實在是救了他！

林勝自以為他的計畫是天衣無縫的，然而，卻有一個小小的破綻，那是他做夢也想不到的破綻，他假冒警官所打的電話。

高翔根據電話的錄音帶，在音波檢定儀中得到了一個人像，又從那個人像之中，找出了幾份最相似的人的檔案。然後，再根據趙蒼的被出賣，以及使用的毒藥可能來自南美洲的原始土人部落，而肯定了是林勝。

林勝的正面和側面的照片，在半小時之內，被複印了幾萬份，而且立即分發到所有警員的手上，幾乎是每一個公共場所，都有警員持著林勝的照片在詢問：「你見過這個人麼？」

一時，警員在遊樂場中得到了答案：這人是魔術師。一時零五分，查訪酒店的警員，也有了答案：這是二樓的住客，魔術師。

而當警員破門而入的時候，發現了麗莎的屍體。

一時半，高翔在警局接見記者，他向記者宣布，銀行劫案將可閃電破獲，因為警方已掌握了破案的一切線索，且等捉人了。

二時，全市各區都已有號外出版，詳細報導劫案的經過，幾乎每一張報紙上，都有著林勝的相片。

林勝也買了一張號外，那時，他才知道如果不是麗莎使他離開了那家小酒店的話，他早已被捕了，但是，他卻不知道警方是如何知道這事情是他幹的。

他將車子開到火車站，一面開車，一面進行簡單有效的化裝，然後，他租了兩個行李儲放箱，將兩袋鈔票放了進去，再離開火車站，將車子保持著普通速度，一直開到了一個高尚住宅區的一幢洋房面前，才將車子停了下來。

在車子停下來的時候，他仍然猶豫了一下。

但是他終於走出車外，按了那幢洋房的門鈴。

高翔雖然已有近三十小時未曾休息了，但是這時他的精神卻十分好。他的精神好，是由於兩件事情所造成的。

第一、穆秀珍已首先脫離危險期了。木蘭花由於中毒較深，是以還未曾脫離危險期，但是由於穆秀珍的脫險，主診醫生有了信心，醫生說木蘭花脫離危險期，只不過是時間問題而已。

第二、林勝是主犯，這是可以肯定的事情了，網已撒下，而且開始收網，林勝不論多麼狡猾，也只是網中的一條魚兒而已，相信網一步步地收緊，那麼最後便是人贓俱獲了。高翔對於這件案子可以破得如此迅速，心中自然也不免高興。

下午兩點鐘，號外滿街飛，人人都在談論著銀行劫案。高翔到了醫院，方局長已回去休息了，是高翔吩咐所有人，不要因為銀行劫案的事去驚動方局長。

高翔心中想，等到方局長睡醒，只怕林勝早已落網了，這不是要顯得自己工作能力過人麼？高翔在醫院走廊中走動的時候，腳步是相當輕鬆的。

他被允許會見穆秀珍，因為木蘭花還未脫離危險期，他推開了加護病房的門，輕輕地來到了穆秀珍的病床之前。

病床上罩著透明尼龍罩，穆秀珍雖然已脫離了危險期，但仍然需要用氧氣來補助呼吸。馬超文坐在床前發呆，像一個傻瓜一樣。

高翔來到床前，輕輕地叫道：「秀珍！」

穆秀珍的臉色蒼白得實在可怕，高翔叫了好幾聲，她才慢慢地睜開眼來，眼光是失神的、散亂的，有她睜開眼皮的動作，像是十分吃力，這和平時跳一跳也有三呎高的穆秀珍相比，真的是不可同日而語。

高翔看了之後，心中不禁暗暗難過，他不再出聲，直起身子來。

在他身後的醫生道：「她已經沒有問題了。」

「蘭花呢？」

「木蘭花的情形也在好轉。」醫生回答：「我相信若是常人，在中毒如此之深的情形下，一定是醒不過來了，她們之所以獲救，我看這和嚴格的東方武術訓練有關，使她們有了和常人相異的體魄，才能支持得下去。」

「是。」高翔點了點頭道：「我能去看看蘭花麼？」

「很抱歉，不能，她一脫離了危險期，我們就會通知你的。」醫生客氣地說：「即使是秀珍小姐那樣，也是不宜多打擾的。」

「我明白。」高翔退了出去。

高翔回到警署之後，他想到網已收得很小了，林勝平時使用的一輛車子，也已被人在一條靜僻的街道上發現了。而趙蒼的幾個手下，也到警署來過，講出了趙蒼準備和林勝、麗莎兩人合作的經過，一切的線索全部有了，只等捉人了！

警方的懸賞和銀行方面的懸賞，加起來是一筆極大的數目，這一筆數目，使得林勝難以在任何地方安身，他必然會被人告密，或被人發現的。

高翔估計，在下午六時之前，林勝就可以落網了。

但是，到時林勝卻並沒有落網。

警方徹夜搜索，所有的線民全部出動了。林勝無論如何不能躲過今晚。

但是一夜努力又白費了，林勝和三百餘萬贓款，像是消失在空氣中一樣，無影無蹤，竟然一點跡象也沒有了。

魚兒漏網了！

高翔十分沮喪，木蘭花雖然也已脫離了危險期，但這也不能使他更高興些，因為他未能依照他預期的那樣，閃電破案。

高翔所追尋的兩大袋鈔票，在火車站的行李儲放箱中。

那是人來人往，最熱鬧的所在，而行李儲放箱的鎖又是最不濟事的，一個最笨的小偷也可以用一根鐵絲將之拔開來。

三百萬的巨額現鈔，會在這樣的公眾地方，那是任何人想不到的，林勝在事出倉促之際，想到了這個辦法，也是走的一著險棋。

林勝這著險棋走對了，那兩箱鈔票十分安全。

而林勝在什麼地方呢？那是高翔做夢也想不到的事，高翔不知道他曾經距離林勝不到十呎，他也不知道，有幾個高級警官一直守在林勝的附近！

林勝是在醫院中。

當林勝將車子停在那幢洋房之前，並且伸手去按電鈴後，一個花匠走到了鐵門前，向林勝投以十分懷疑的一眼。

林勝十分鎮定，沉聲道：「我要見黃醫生，我是他的老朋友了，你開門讓我進來好了。」

那花匠忽然笑了笑，道：「我明白了。」

鐵門打開，林勝急步地走了進去，那花匠在他的身後，自上衣口袋中取出了一支香煙盒大小的無線電控制器來，按了幾下。

同時，在那幢洋房二樓寬大的書房中，響起了「嘟嘟」的聲音，一張豪華的黑色安樂椅上，一個穿著紫紅色睡袍的身子略動了一動，按下了一個按鈕，然後，打了一個呵欠，才道：「請上來，是什麼朋友，那麼有空。」

林勝這時正來到大廳中。

從傳聲器中突然傳出來的聲音，令得他嚇了一大跳，但是他立即道：「哈，你的玩意兒真不少，老三，我是林勝。」

「哈哈哈，是林老大來了，我早知你會來了！」那安樂椅中的人坐了起來，拋開了手中的報紙，「請上來吧，請！」

那是一個看來面目十分莊嚴的中年人。而他的確也有著一個十分莊嚴的職業：外科醫生。

需要說明的是：他的的確確是一個外科醫生，而且還是一個十分優秀的外科醫生，他有好幾篇論文是國際注目的。但是，他卻也是一個犯罪分子。

早幾年，他曾經組織過一個犯罪組織，也曾參加過一個極大罪犯組織，坐第三把交椅。林勝並不是這個集團大哥，那人叫他為「林老大」，是因為林勝是另外一個犯罪組織中的老大之故。那人所參加的那個大犯罪集團，也已經解散了。

如今，他，黃永洪，是鼎鼎大名的外科醫生，是某大醫院的外科主治醫生，是在社會上十分有地位、有名譽的一個人。

林勝拾級登樓，來到書房門外。

他並不敲門，便推門進去。

「請坐！請坐！」黃永洪滿面笑容！

林勝一進門，便看到了打開了的號外，他的照片赫然在目，他苦笑了一下，在黃永洪的面前坐了下來。

黃永洪搓著手，指著報紙道：「老大，你這一手很漂亮啊。三百多萬，全是現鈔，好過我們當醫生多多了！」

「別取笑了。」林勝只是苦笑，「若不是壞在女人的手中，那倒是一個十全十美的計畫，可是如今我卻是走投無路了！」

林勝焦急地搓著手。

他來見黃永洪，是有求而來的，黃永洪當然也明白這一點，但這時，黃永洪卻是慢吞吞地，取出一支指甲鉗銼著指甲，道：「你也已將她殺了啊，老大，可是你下手太早一點，所以才出了毛病？」

「唉，本來我是不想殺她的，但是她卻立即要分錢！」

「她替你出了不少力啊，分一點錢，不是應該的麼？」

黃永洪一面說，一面又大有深意地望了林勝一眼，林勝自然是聽得出他的弦外之音，忙道：「當然，當然，我是不會白求人的。」

「嘻嘻。」黃永洪奸笑了起來：「說得好。」

林勝握著拳，咬著牙道：「好，你要多少？」

「那個。」黃永洪仍然是慢吞吞地：「先要看你找我做些什麼，大手術有大價錢，小手術有小價錢，老兄說對不對？」

「對，對……」林勝的心中已將黃永洪罵了千百遍，但是他有求於人，卻又不得不滿面堆笑，連聲說對，希望自己的要求能夠順利實現。

「首先，你必須明白，」黃永洪伸出手來，作了一副拒人於千里之外的神態：「我是一個外科醫生，你對我的要求，不能超越了外科醫生的服務範圍！」

林勝幾乎忍不住要破口大罵了起來，他是一個何等強橫霸道的人，但是在如今這樣的情形下，他也只好繼續忍氣吞聲，道：「我明白。」

「好，那麼你說吧。」

6 棋高一著

林勝站了起來，俯向黃永洪，指著自己的臉，一字一頓地說：「替我將整個臉全都換過，使得再也沒有人認得出我！」

黃永洪靜靜地聽著，甚至停止了銼指甲。

等到林勝講完，他縱聲大笑了起來：「你要整容？是要割雙眼皮，還是墊高鼻子？你要整容，那麼應該去找整容醫生才是！」

「不！你會幹的，你曾經幹過，你幹過的成績很好，你可以使我徹底地變成第二個人，逃避追捕，我可以給你酬勞！」

黃永洪不再笑了，他欠了欠身，他是一個典型的歹徒，任何典型的歹徒聽到了錢字，總不免會縱然動容，肅然起敬的。

「好，說到酬勞了，你準備給我多少？」

「一……成。」林勝的神態十分緊張。

「哈哈！哈哈！」黃永洪像是聽到了什麼最可笑的事情一樣，前仰後合地笑著：「一成，一成，你將我當小雞小鴨了，是不是？」

「兩成！」

「哈哈……」

「三成！」

仍然是「哈哈」。

林勝的額上開始冒汗了，「四成……五成！」

五成！就是將他盜劫國家基金銀行所得的一半分給黃永洪了，在叫出「五成」這兩個字的時候，他的面色也變青了！

黃永洪的笑聲總算停止了。

他滿足了？林勝心中暗忖。

但是黃永洪卻冷冷地道：「林老大，你請便吧，我相信至多再有半小時，你的車子停在這裡，就會被人發現，那就連累到我了。」

「黃永洪，你……」林勝的聲音聽來十分軟弱：「你究竟要多少，你說，由你開價好了，你說，你說，你別趕我走！」

林勝自然是知道這時警方的搜索網一定在漸漸地收緊，除了黃永洪這條路之外，他非上電椅不可了，是以他只得哀求著。

「本來嘛，是應該由我來開價的，我是醫生，誰見過醫生開了價之後，病人卻來討價還價的？我們是不二價的行業，你明白了麼？」

「是，是，你是要……」

「八成！」

「八成，你——」林勝叫了起來。

「你可以離去的。」黃永洪又開始銼指甲。

林勝轉身便走，但是他只走了兩步，便退了回來。

「怎麼樣？」黃永洪冷冷地道：「我看你不宜猶豫不決，全市的警力都在對付你，早決定對你是有好處的！」

「好，我決定了，你拿八成，我拿兩成。」

「不樂意，是不是？」

「樂意，有兩成，比坐電椅好得多了！」

黃永洪的大拇指和中指相搭，發出了「啪」地一聲響，道：「好，想通了，我們原則問題已決定，細節就容易商量了！」

他伸手在衣袋中取出了一個金質的煙盒來，然而，那卻不是煙盒，而是一具袖珍型的無線電話，他拉出了兩根天線，打開煙盒，道：「四號，你將門口的黑車駛開去，駛遠一點，但也別太遠，這輛車燙手得很。」

黃永洪吩咐完畢，放好了「煙盒」，伸了一個懶腰。

「那……什麼時候動手術？」林勝焦急地問。

「咦，我們只不過決定了原則問題，細節問題還未決定，怎麼就動手術了呢？」黃永洪又開始慢吞吞地銼起指甲來。

林勝實在忍不住了，他一伸手，奪過了黃永洪的指甲鉗，重重地摔在地毯上，用力地踐踏著，厲聲道：「什麼細節問題？」

黃永洪毫不在乎地聳了聳肩，道：「譬如說，你何時何地交款，這不是一個很重要的細節問題麼，不能光憑一句空話吧！」

「我們可是要到律師樓去簽合同？」林勝針鋒相對地反問：「只要手術施妥，我可以公開露面了，錢，我一定送上。」

「我信麼？」

「那你要怎樣？」

「先付錢，再動手術。」

「我如果還可以走得出去拿錢，用得著來找你麼？」

「那麼，錢藏在什麼地方，你告訴我，我派人去拿。」

林勝倒吸了一口冷氣，他實是未曾想到黃永洪竟然如此奸猾，如此難以應付，他的手揚了起來，幾乎忍不住要一掌向他的脖子劈了下去。

但是，劈死了黃永洪，自己又怎樣呢？

他頓了一頓，道：「黃永洪，我是講義氣的人啊！」

「是啊，」黃永洪冷冷笑著：「你講義氣，麗莎就是死在你的義氣牌飛刀之下的，你也要向我推銷這種牌子的飛刀麼？」

「你必須信我！」

「老實說，我不信你！」

林勝斜睨著黃永洪，雙眼之中充滿了怒火，他心中在想：若是我先將錢給了他，他會冒那麼大的風險，替自己行手術麼？不會，當然是不會的！

黃永洪也斜睨著林勝，他是不急的，因為現在他完全佔著上風，林勝雖然是凶狠得出了名的人，但如今也對自己無可奈何。最要緊的，是要他拿出錢來，錢一到了自己手中，那就更容易說了，那時，林勝就更要哭爹叫娘了。

所以黃永洪的態度十分輕鬆，他慢慢地搖著腿。

兩個旗鼓相當的匪徒，你望著我，我望著你，房間中是一片極其難堪的沉默，過了約莫十分鐘，林勝才陡地叫道：「不行，施好了手術，我付錢給你！」

黃永洪還未曾回答，他懷中的「煙盒」便發出了連續不斷的「滴滴」聲來。黃永洪取出了煙盒，放在耳旁傾聽著。

林勝雖然就坐在他的對面，但是林勝卻聽不到什麼，因為黃永洪是利用耳機設備在聽著的。

不到半分鐘，黃永洪便放回了「煙盒」，站起身來，道：「請你等一會，有一個朋友來見我，說是有要緊的事情。」

「你可別耍花樣！」林勝的面色一變。

「哈哈，」黃永洪伸手在林勝的肩頭上拍了一下，「你怎麼變得膽小如鼠了？別忘了你手中是有王牌的，錢在什麼地方，只有你知道！」

林勝舒了一口氣，心中暗忖：黃永洪明白這一點，那麼自己還可以再堅持下去，他不再說什麼，只是點了點頭。

黃永洪慢慢地踱了出去。可是，他才出房門，行動便快疾了起來，他向樓下走去，但是只走到樓梯的一半，便停了下來，在欄杆的扶手上按了一按，有兩級樓梯突然翻了轉來，現出了一道暗梯，黃永洪迅速地向下走去，樓梯也立即恢復了正常。

黃永洪通過一條黑黑的通道，來到一塊玻璃面前，透過那塊玻璃看出去，是一間小小的會客室。這時，在會客室中坐著的，是一個十分美麗但是略帶妖冶的女郎。

那女郎坐著，不時地向門外望去。

那塊玻璃在會客室的一面，乃是一塊大鏡子，是以那女郎是決不知道有人在打量著她。

這時，如果是林勝看到那個女郎的話，他一定會吃驚地大叫起來了，因為那個坐在小會客室中的女郎，和死在他飛刀之下的麗莎極其相似。

那女郎當然有和麗莎相似的道理，因為她是麗莎的妹妹，而且，她所做的事情，也和麗莎相同，只不過她的活動範圍比較小，未曾在國際上享有那麼大的名聲而已。

黃永洪在鏡子後面站了不到一分鐘。

但是，在這一分鐘之內，他心中卻轉了不少念頭。首先，他想到的是：麗莎的妹妹夢娜這時候來找自己，是為了什麼？

黃永洪並不是第一次見到夢娜，他甚至還曾追求過夢娜，但是夢娜卻始終對他若即若離，使得他十分掃興，他也一直未曾忘記這件事。

而如今，夢娜卻找上門來了！

黃永洪轉過身，又在通道中走了幾步，推開了一扇暗門，走了出來，那出口處是大廳上的一幅油畫，然後，黃永洪再穿過大廳，來到小會客室的門前，推門走了進去。

夢娜一看到黃永洪，立即站了起來。

她一站起來。更顯得她亭亭玉立，曲線動人。

黃永洪忙道：「請坐，今天是什麼風，把你這位貴客吹到這裡來了？」

夢娜淡然地笑了一下，道：「我想不必我多說，你一定是知道我的來意了，是不是？」

黃永洪的心中怔了一怔，他立即自問：這是什麼意思？難道夢娜已知道了林勝在自己這裡？但是這是不可能的，她怎會知道林勝的行蹤？林勝的行蹤若是已洩露了出去，那麼自己的計畫也完了。

黃永洪的面上掛著微笑，心中卻急切地轉著念頭。

「咦，你怎麼不說話啊？」夢娜開始進攻了，「我們之間的事容易解決，不要冷落了正在拜訪你的那位真正的貴客！」

夢娜在「真正的貴客」那五個字上加強了語氣，顯然她是另有用意的，黃永洪則笑道：「你說的什麼，我不明白。」

夢娜側著頭道：「真的？」

「當然是真的。」

「那麼我要先向你講幾件事，第一，麗莎一從南美洲來到這兒，就先和我聯絡，她和我聯絡，是瞞著林勝的。」

黃永洪在聽到「林勝」的名字之際，要竭力鎮定才能保持面上不露出驚異的神色來，他只是道：「原來是這樣！」

「林勝有林勝的計畫，」夢娜繼續說：「但是，麗莎也有麗莎的計畫。關於他們兩人的共同行動，我相信你已經知道了？」

「我在報上看到了。」黃永洪含糊地應著。

「麗莎的計畫是，在案子發生後，她立即帶著一半的款項離去，她的目的是要案子快些破，她知道林勝的性格，必然會拒捕喪命的！」

「那麼對麗莎有什麼好處呢？」

「有，麗莎攜款來我處，然後，由我假裝鬼鬼祟祟地露面，被警方捕獲，警方會叫銀行職員來認人，他們分不出我和麗莎來的，但是，我卻有強有力的不在場證明，當然我是沒有罪的，這樣，警方便不再疑心林勝的搭檔是麗莎，她便安全了。」

「好計畫。」

「可是，在最後關頭卻出了毛病，林勝殺了麗莎！」

「可惜，」黃永洪搖著頭：「那麼，你將這一切講給我聽，又是什麼意思呢？恕我難以明白。」

夢娜笑了起來，笑得十分甜，十分媚，露出了兩排雪白的貝齒，襯著殷紅的櫻唇，真使得黃永洪有點想入非非。

但是，自夢娜如此可愛，美麗的櫻唇中吐出來的話，卻令得黃永洪陡地吃了一驚，遐思全消，不由自主挺直了身子！

夢娜道：「我對你說這些話的用意，是要你知道，我和麗莎兩人，早已對林勝作了長時間的研究，知道他的性格，也知道他準備如何脫罪，他騙麗莎說是隱姓埋名住上兩三年，但是實際上，他卻早已打定了主意，他要來找你！」

黃永洪變得無話可說了。

夢娜繼續道：「他如今在你這裡，是不是？」

黃永洪一伸手，突然取過了茶几上的座台打火機。

那只打火機是長方型的，如果作正常的作用，它的確是一只打火機，但是這時，黃永洪一取到手中，一按下打火機底部的一個鈕掣，「啪」地一聲，便彈出一根槍管來，打火機竟變成了一柄袖珍小手槍！

黃永洪是一個出色的歹徒，在這柄打火機槍上，也可以看得出他心思的巧妙，將手槍製成一具打火機的模樣，本來沒有什麼了不起，但是黃永洪並不是將之帶在身邊，而是隨隨便便地放在茶几上，別人萬萬想不到一具外表看來普通的打火機，內中會有如此的巧妙，但是他自己則隨時可以使用！

但這時，黃永洪卻感到十分狼狽。因為，他用這柄槍指住夢娜之後，夢娜非但沒有一點驚駭的表情，反倒嬌聲地笑了起來，道：「算了，別來這一手！」

黃永洪幾乎想將槍放了下來。

但是他卻狠狠地說道：「夢娜，你知道得太多了！」

夢娜點頭道：「是的，所以我們才能合作。」

「合作？」

「當然，合作。」

「哼，為什麼我要和你合作？」

夢娜又笑了起來，道：「你知道錢在什麼地方了？」

黃永洪不由自主地道：「不知道——」

他這句話一出口，心中便暗叫「不好」，自己這樣說，豈不是已等於承認林勝是在自己這裡了麼？但是話已出口，已經難以收回了。

夢娜又笑了起來，道：「對了，如果沒有我，你就得不到林勝藏錢的所在，所以，我們兩個人就必須合作，這不是很簡單麼？」

「你知道他將錢藏在什麼地方？」

「我也不知道，然而我可以使他說。」

「哼，你想扮成麗莎的鬼魂去嚇他，是不是？」黃永洪不屑地揮著手：「這種辦法早已過時了，還行得通麼？」

「你怎麼知道我是要在他清醒的時候出現？」

「你是什麼意思？」

「大醫生，有一種藥物，在注射之後，可以使人滿口囈語，而在囈語之中，又夾雜著本來他絕不能告訴人的真話，你當然是知道了？」

「這種東西也落伍了，並不一定能使人講出心中的秘密來，那還是二次世界大戰時特務用的東西，許多錯誤的情報，便是由這種藥物產生的。」

「不錯，」夢娜又站了起來，伸了伸腰，她的動作，使她豐滿的身材更形誇張：「兩種落伍的東西，但是加起來，便不同了。」

黃永洪心中一動，他的面上也浮現了笑容。

這的確是一個好辦法！林勝要自己替他動手術，他當然不會拒絕自己向他進行注射，然後，夢娜出現，經過注射之後，人和喝了過量的酒差不多，極其輕微的刺激，也可以使他變得神經過敏，那麼，夢娜的出現，的確是可以激使林勝講出真話來的！

這是一個好辦法！唯一的不好之處，就是自己的所得只怕要減少了。

他懶洋洋地像是對這個計畫絲毫也不感興趣地道：「林勝要我替他整容，我的條件是我要八成，他已經答應了。」

「你一成也拿不到，因為他未曾將藏錢之處說出來。」

「那麼，你要多少？」

「我要五成，這是最公平的辦法。」

黃永洪望著夢娜，笑了起來，他之所以發笑，是因為他想到，人與人之間，永遠不能知道對方的心中真正地在想些什麼，這真是奇妙的事情，如果夢娜這時知道自己心中在想些什麼，那麼，她一定要奪門而逃，再也不敢逗留了！

他笑了幾聲，才道：「好的。」

他又故意壓低了聲音，涎著臉，色迷迷地道：「其實，你和我還分什麼？我的一切，還不都是你的麼？夢娜！」

他像大情人似地叫了一聲，雙臂一伸，便要去攬夢娜的纖腰，但是夢娜卻十分靈活，一閃身，就避了開去，道：「先進行我們的計畫！」

黃永洪得意洋洋地點著頭。

當他回到樓上的時候，林勝已經等得十分不耐煩了，一見到他就問道：「什麼人？為什麼你們談得如此之久？」

「一個不相干的女病人。」黃永洪不在乎地回答，「你可曾考慮好了，先拿錢來，要不然，我怎能信得過你？」

「不行，」林勝堅持著，「在手術完全完成之後，我已變了另一個人，那時，只有你一個人知道我的秘密，我敢食言麼？」

黃永洪的心中，感到了一股寒意！林勝的話，聽來十分好聽，但是卻分明隱含著事成之後，要將他這個唯一知道他秘密的人，殺以滅口的狠心打算！

黃永洪笑了笑，心想反正我棋高一著，林勝啊林勝，多謝你替我找了一條財路，而且，還引得夢娜這樣的美人兒送上了門來。

他又來回踱了幾步，才道：「也好，我權且信你一次，你跟我到地下室來，我的手術室是設在地下室中，那裡有最新的設備。」

「你的助手是誰？」林勝小心地問。

「一般地來說，小手術我是不用助手的，要改變你的容貌，可以說極之容易，只要移動幾塊肌肉就可以了，何必助手？」

「那麼容易的手術，收費卻如此之高？」

「哈哈，這叫姜太公釣魚，願者上鈎！」

林勝不再說什麼，黃永洪向地下室走去，林勝跟在後面，地下室的確是極其完備的一間手術室，林勝在手術床上躺了下來。

他的心中並不是完全沒有顧忌的，因為黃永洪是何等樣人，他是知道的，黃永洪這時要取他的性命，可以說是太容易了，他十分慶幸的是，他未曾將錢藏在什麼地方這一點說出來！而也就是因為這一點，才能使他安心地躺在手術床上的。

黃永洪換上了白制服，取出了注射器，在一個藥瓶中吸滿了一管針藥。

「先替你進行麻醉。」黃永洪將那管針藥對準了林勝，「你看，這是上等的德國貨，既然答應了你，我是不會偷工減料的。」

林勝沒有說什麼，聽憑黃永洪將針頭插進了他的靜脈。

針藥注射之後，人便開始昏迷了。

對林勝來說，這時他的腦神經受藥力的遏制，活動已完全越出常規了，藥力大約可以維持三小時，在三小時之後，他根本不知道自己做過些什麼事的。

不到兩分鐘，他首先開始傻笑。

黃永洪並沒有立即將夢娜叫下來，他先用一盞強光燈對住了林勝，問道：「你在什麼地方，你知道麼？」

林勝不斷地傻笑，重複著黃永洪的話，道：「我在什麼地方？」

「你在必須講老實話的地方！」黃永洪沉聲說道。

「必須講老實話。我講。」林勝頷著首。

「你將錢放在什麼地方了？」黃永洪充滿了希望。

「你將錢放在什麼地方了？」林勝只是重複的說著。

足足花了十分鐘，黃永洪熄掉了強光燈。他不得不承認，只憑自己一個人，是難以在滿口胡言的林勝口中套出真話來的！

他必須要夢娜的合作。

7 贓款下落

他將林勝的手足綁了起來，退出了手術室，到了小會客室之中，他沒有說什麼，只是向夢娜招了招手，夢娜立時站了起來。

兩人一前一後地走進了地下室，夢娜低聲道：「將燈開亮。」

黃永洪按下了幾個鈕掣，地下室大放光明。

突如其來的光亮，使得林勝睜大了眼睛，夢娜立時踏前一步，俯身看著林勝，林勝的喉中發出了一陣恐怖的聲音來。

他的身子發起抖來，忽然叫道：「放我走，我不在這裡，你嚇不倒我的，我是天不怕地不怕的好漢，你滾，你滾開！」

他一面怪聲叫著，一面口中甚至還噴著白沫。

他的樣子，使人十足想起一頭瘋狗來！

「我不是來嚇你的，」夢娜柔聲道：「我們是合夥人，我為什麼來嚇你？我們已過了三年，可以遠走高飛了，是不是？」

「是的，遠走高飛，到里約熱內廬去！」

「那筆錢當然也帶走了？」

「是的，那筆錢，那筆錢！」

黃永洪和夢娜兩人，都不由自主地緊張起來。

「那筆錢放得很好。」夢娜的聲音聽來更是輕柔，「放得很安全，是不是？放錢的地方，只有你和我知道，對不對？」

「是的，你和我，你，我，嘻嘻，你，我。」

「錢是放在——」

「錢是放在——」林勝重複的說著：「錢是放在——」

黃永洪和夢娜兩人更是緊張了。

但是林勝卻道：「錢是放在只有你我知道的地方！」

夢娜耐著性子，道：「是啊，那是在——」

林勝突然叫了起來，道：「所有的人，都在錢的旁邊走來走去，可是他們卻不知道，知道的，只有你，你和我兩個人！」

黃永洪想要開口，但卻被夢娜阻住了。

「很多人走來走去，不是不安全麼？」

「很安全，啊呀，太久了，三年，不安全了，嗚嗚嗚，」林勝竟哭了起來，「被拍賣了，沒有人知道那是什麼，我出價，一百萬，兩百萬！」

夢娜陡地心中一動，她向後退出了一步。

黃永洪卻皺著眉頭，低聲道：「怎麼樣？」

夢娜突然又俯身前去，林勝怪叫了起來。

從那時候開始，林勝只是不斷地哭著，叫著，再也問不出一句話來了。

夢娜攤了攤手，道：「沒有辦法，我們失敗了。」

她抬起頭來望著黃永洪，但是，她卻看到黃永洪極其陰森的眼光。

「我們的辦法行不通，」夢娜又攤了攤手：「林勝比我們想像中聰明。」

黃永洪陰陰地笑了一下，道：「夢娜，林勝未必聰明，但是你卻比林勝聰明得多，林勝的錢藏在什麼地方，你已知道了，是不是？」

「這是什麼話？」夢娜睜大了眼睛，「他所講的每一句話，你也都聽到了，他又未曾和我講過什麼話，我又怎知道他的錢放在何處？」

黃永洪面上的神色，越來越是陰森，他冷冷地道：「不錯，我們都聽到了同樣的話，但是你比我更瞭解林勝，所以你明白了，而且，你害怕他繼續說下去，故意特地俯身去嚇他，使得他大叫大嚷，我說的難道不是事實麼？」

「哼，」夢娜也沉下了臉，「我沒有空和你胡纏。」

「當然，你想趕著去取這筆鉅款！」

「我看你想錢想瘋了！」

「你不是麼？小姐！」

夢娜待向地下室外走去，但是黃永洪手中卻已在那一剎間多了一柄手槍。只不過黃永洪的動作雖然快，夢娜的動作更快！

她突然一反手，拿起了一柄鋒利的手術刀，向前飛了過來。直到這時候，黃永洪才想起，夢娜一到了地下室之後，便沒有離開過工具車。但是當他此際發覺了這一點之後，已經遲了！

夢娜的手法十分巧，而且狠，黃永洪還得感謝她這一刀不是飛向他的心口，這一刀，齊齊正正地擲進了黃永洪的右小臂。

黃永洪手臂上一陣劇痛，五指一鬆，手槍「啪」地跌到了地上，夢娜陡地向前跑來，揚起了手提包，擊向黃永洪的下顎。

黃永洪絕不懷疑她的手袋可以致人死命，因為在她手提包的底部，至少藏有十磅以上的鉛塊，所以手袋在盪起來的時候才能這樣有力。

黃永洪連忙向後退去，夢娜的手袋碰在藥櫃上，打翻了一瓶藥，而她已立即拾起了地上的手槍。

她一拾起地上的手槍之後，立時踏出了兩步，來到門旁，用她手中的槍對準了黃永洪，道：「別亂動，站定！」

黃永洪托著受傷的手腕，一句話也講不出來。

本來，他也絕沒有安著好心，他是準備在得到了藏錢的所在之後再對付夢娜的，所以他的身邊才帶著手槍，卻不料如今反被夢娜將槍奪了過去！

他面色鐵青，當然不敢再動。

「黃永洪，你不要胡思亂想。」夢娜冷冷地道：「我其實什麼也沒有得到，所以我也不會殺你的，但如果你一定以為我已得到了什麼，而來找我的麻煩，那麼，警方反倒會注意你的行動，到那時，你可是自己找自己的大麻煩了。」

「你以為我會相信麼？」黃永洪反問。

「當然你會相信，因為我不殺你，你想想，我如果已知道了藏錢的所在，我會留你和林勝兩人在世上找麻煩麼？」

黃永洪不禁怪聲笑了起來，看來他是無法不信夢娜的話了。

事實上，在他完全處於下風的情形下，夢娜的話，就算他明知是謊言，也是沒有辦法的，夢娜的身子迅速地退了出去，將門關上。

黃永洪聽到了夢娜在門外將門下鎖的聲音，這才用最快的動作，將手背上的傷口紮好，然後，他從另一道暗門離開了地下室，想去截擊夢娜，然而夢娜早已走得蹤影不見了。

他連忙又回到地下室，再向林勝去逼問，但除了一些毫無意義的話和亂叫之外，什麼也得不到。

黃永洪又苦苦思索著，在自己和夢娜一齊聽到的話中，可有什麼藏錢的線索？是的，林勝提到過的拍賣，那是什麼意思？

拍賣？是不是他將錢藏在拍賣行中？不會的！那麼他是把錢藏在一件什麼東西中，而這件東西可能是會被拍賣的！

唔，這似乎接近事實得多了。

但是世上幾乎任何事物都可以被拍賣的，這算是什麼線索？

在將近三個小時中，他一直在思索著，在問著林勝，但是他卻什麼線索也得不到，直到藥力將要消散了，他才再替林勝進行麻醉，然後，草草了事地在林勝的臉上切割著，林勝將來會變成什麼模樣，與他有何關係？

手術進行了一小時，林勝滿頭滿臉包紮著紗布，被送進了醫院，林勝的病房，就在木蘭花和穆秀珍兩人的隔壁。林勝就是這樣進醫院來的。

這自然是高翔做夢也想不到的事！

夢娜匆匆地離開黃永洪的住宅後，立即閃進了一條橫街之中，她穿出了這條橫街，再轉到大路上，她的車子就停在那裡。

她心中的興奮是難以形容的。因為一筆巨大的現鈔正在等著她！那全是未曾有號碼紀錄的大額舊鈔，一到手之後，立即就可以使用。而她是絕不受嫌疑的人！

夢娜的確聰明，而且，她也瞭解林勝。

林勝所說的「所有人在錢的旁邊經過」，以及「在進行拍賣了」那兩句關鍵的話，黃永洪百思不得其解，但夢娜卻已經立即明白了！

她知道：錢是在一個公共場所。而且，是在儲放時間太長而不去領取之後會被拍賣的公共場所，那除了火車站的行李儲放箱之外，還會有第二個地方麼？

是以，當夢娜打開車門的時候，她的手在顫抖著！

她打開車門之後，略呆了一呆！火車的行李儲放箱有上百個，那兩大袋鈔票是在哪一個之中呢？這要向管理員問一問。

憑自己的美貌，再加上一些「小費」，大概這是不成問題的，那麼，只消到了火車站，這一筆鉅款就是自己的了。

夢娜直駛火車站。但是這時候，卻是警方大舉出動，圍捕林勝最緊張的時刻，交通要道上佈滿了警員，而且更多便衣人員，夢娜做賊心虛，未敢下車。

她駕車沿著火車站兜了兩圈，顯然已有便衣在對她注意了，她連忙又駕車離了開去，因為她知道若是逗留下去，是一定沒有好處的。

可是，雖然她立時離去，她已發現身後有一輛車子在跟蹤著她了，夢娜要用盡心機才能擺脫那輛跟蹤她的車子。

她耐著性子等了一夜，到第二天早上，才再到火車站去。她以為警方人員已經沒有昨天晚上那麼緊張了，卻不料才一踏進火車站，就遇到了高翔！

高翔是巡視各交通要道的防守情形，恰好來到火車站的，當夢娜看到他的時候，他正和兩名高級警官在交談，本來未曾注意夢娜。

可是夢娜卻心虛起來，她和高翔十分相熟，當高翔還在幹一些非法的勾當之際，兩人還曾有過十分密切的關係。自從高翔改邪歸正之後，幾次勸過她不要再做珠寶竊賊了，但是夢娜卻仍然不聽，高翔曾捉到過她一次，念在舊情才將她放走了。

這時候，夢娜一見高翔，立時一個轉身。

但是她轉身轉得太急了，「啪」地一聲，使得她的四吋高跟鞋的後跟斷折了，高翔轉過身來，立時看到了她。

「夢娜！」高翔立即叫著：「我正在派人找你哩！」

「是麼？你還記得我？」夢娜強作鎮定。

高翔來到了她的身邊，扶起了她。夢娜更鎮定得多了，她媚笑起來，道：「你對我那麼親熱，不怕女黑俠吃醋麼？」

高翔皺了皺眉頭，這是一個厲害的女人，不容易對付，他想，但是她是一個重要的線索。

他扶著夢娜站定了身子。也就在此際，一個便衣人員來到高翔的面前，報告道：「高主任，這個女人昨日駕車在這裡巡逡不去，我們曾跟蹤她，卻被她溜走了。」

「是麼？」高翔斜睨著夢娜。

「是啊，」夢娜將身子故意靠近高翔，嗲聲嗲氣地道：「什麼時候起，火車站附近不讓我來了啊，高大主任。」

高翔笑了起來，在夢娜豐滿的臀部拍了拍，夢娜又故意叫了起來。

高翔道：「來，我們找一個地方，好好地談談！」

「記者要來拍照了。」夢娜笑著。

「讓他們去拍好了。」高翔不由分說，扶著夢娜，進了站上警長的辦公室，將門關上，夢娜索性雙臂一伸，掛住高翔的脖子，嬌聲道：「高主任，你將我叫進來，幹什麼啊？」

高翔緩慢地，但是堅決有力地將她的手臂拉了下來，同時，將她按在一張椅子上坐了下來，正色道：「我問你問題，你必須回答！」

「好啊！」夢娜毫不在乎地坐了下來：「你擺官架子嚇別人行，嚇我還未必有用哪。你忘了，以前我們在一起的時候……」

她講到這裡，「咭」地笑了一下，不再講下去。

高翔不禁十分狼狽，他連忙咳嗽了幾聲，來掩飾他的窘態，他已經隱隱想到自己所料的不錯，她的確是十分難以對付的女人！

「你到火車站來幹什麼？」高翔開始問了第一句話。

「來看你！」夢娜伸出了纖纖的手指，指向高翔。

高翔陡地站了起來，道：「如果你不好好地回答，那我可以讓另一個人來詢問你，你還是好好考慮一下的好。」

夢娜也知道玩笑不能再開下去了，她的臉上立時現出了一股茫然不解的神色來，道：「這算什麼？我被拘捕了麼？為什麼要由警方人員來審問我？」

「是的，你被拘留了。」

「為什麼？」

「涉嫌和國家基金銀行的劫案有關！」

「唉，高主任，你明明知道，我是只打珠寶主意的，你何必將明明不是我做的事硬加在我的頭上呢！」夢娜戲劇化地推開了手。

「不錯，劫案你沒有份，犯案的是林勝和你的姐姐麗莎，林勝殺了你的姐姐之後逃走，我們正在捉他歸案！」

「好，我歡迎。我要替姐姐報仇。」

「他在什麼地方？」

「全市的警員都不知道，我怎知？」

「你到火車站來幹什麼？」

「我準備去旅行。」

高翔猛地握住了夢娜的手臂，厲聲道：「他在哪裡？」

夢娜卻用一種極富有感情的聲音道：「翔，你抓痛我了。」

高翔苦笑了一下，鬆開了手道：「你應該知道林勝的為人，你和他合作，那是絕對沒有好處的，他在什麼地方？」

「我會和他合作麼？我真的不知道。」

「贓款在什麼地方？」

「贓款我更不知道了！」

「贓款可是在火車站？」

夢娜的心中突然一驚，但是她卻笑了起來。

高翔站了起來，來回走了幾步，才道：「你可以回去了，但是你必須和警方保持聯絡，警方隨時要傳你問話的！」

「可以，」夢娜拿起了手袋來，「我是一個市民，市民有和警方合作的義務的，是不是？再見了，高主任。」

她轉身向外走去，但是，當她在高翔身邊經過的時候，高翔卻突然出其不意地一伸手，將她挽在手中的手提包搶了過來！

夢娜怪叫了一聲，疾轉過身來。然而高翔的一柄手槍已對準了她。

夢娜憤然地向高翔做了一個鬼臉，說道：「下流！」

「對付像你這種人，有時不得不下流一點。」高翔一面說，一面打開了她的手提包，「嗯，大量非法槍械，你有槍照麼？」

夢娜一臉怒容，看來像一頭憤怒的豹一樣。

高翔繼續察看著，手袋中全是一個珠寶竊賊應有的東西，並沒有什麼別的。高翔合起了手袋，正要將手袋拋給夢娜的時候，突然，他在手袋上聞到了一股異樣的氣味。像夢娜這樣美麗的女竊賊，她的手袋應該是香噴噴的。

但是，這卻不是香味。他用力嗅了幾下，那是一種麻醉藥的氣味，只有在醫院才會有這樣的氣味，夢娜的手袋有這樣的氣味，這是十分可疑的事情。

高翔心中急速地轉著念，他不動聲色地合上了手提包，向夢娜拋了過去、道：「你的醫生朋友，最近和你可好麼？」

高翔並不知道夢娜和黃永洪之間的糾葛，更不知道夢娜手袋上之所以有這種藥味，是因為她的手袋曾打翻了一瓶藥的緣故，高翔只不過感到她的手袋上既然有這種氣味，那麼事情和醫生一定有些關係，所以他才這樣順口問上一句的。

但是言者無心，聽者卻是心驚！

夢娜本來已伸手接到手袋的了，一聽了這句話，雙手一震，「啪」地一聲，手提包跌到了地上。高翔的心中也陡地一動！

醫生！夢娜怕提到醫生！

為什麼？如果夢娜和林勝和銀行劫案有關聯的話，那麼，必然有一個醫生也是這件事中的一個十分重要的角色。

高翔笑了笑，道：「夢娜，你吃驚了！」

夢娜立即恢復了鎮定，她翻了翻眼睛：「我為什麼吃驚？」

高翔再度進攻說：「你和醫生朋友有什麼糾葛？」

「沒有什麼。」夢娜的面色稍為變了變。

高翔更可以肯定夢娜的確是和一個醫生有著不可告人的關係，但是不是和基金銀行的竊案有關呢，高翔則不敢肯定了。

他呆了片刻，然後才用十分誠懇的聲音道：「夢娜，如果你牽涉在基金銀行的竊案之中，那你的下場必然十分可悲，基金銀行和保險公司以及警方，都出了高額的獎金，如果你能夠提出線索的話，便足可以洗手不幹的了！」

夢娜的心中略動了一動。她知道，只要她一開口的話，至少可以得到近三十萬的懸賞獎金。但是，她原來可以得三百萬的，為什麼只取三十萬？

固然，她要取得三百萬還要經過相當困難的過程，然則數字相差十倍，而且，她相信林勝既然要求黃永洪整容，那麼他將錢存在行李箱中至少存了七八天，她有七八天的時間可以利用，又何必去接受三十萬的懸賞獎金呢？

是以，她不屑地撇了撇嘴，道：「我沒有資格呢。」

她一面說，一面便怒沖沖地走了出去。

高翔跟在她的後面出了門，向遠處的兩個人做了一個手勢。那兩個人，一個是戴著金絲邊眼鏡的中年紳士，一個是阿飛型的青年。這兩個人都是警方的便衣，他們也立即明白了高翔那一下手勢的意思，因之他們立即在夢娜的身後跟蹤而去。

高翔也慢慢地走出了車站，本來他以為可以閃電破案的事，如今卻弄得茫無頭緒了。警方不但搜遍了所有的酒店，而且也將林勝的相片印發了數萬份。如果說林勝能夠租上一間房間匿居下來，那麼是絕無可能的事情。而大大小小的非法組織和非法分子，也都接到了警方透過線民傳達的警方通告，不能收留林勝。

林勝在此地的人緣並不好，要不然，兩年之前案發之際，他也不必遠走南美了。而且，林勝犯的案子太大，一般人根本是不敢收留他的。那麼，一夜的搜索毫無結果，林勝究竟是到什麼地方去了呢？

夢娜兩次在車站出現，是不是想安排林勝逃走？夢娜，醫生，夢娜為什麼一聽到自己提起醫生就如此吃驚，醫生，醫生……

高翔的心中十分混亂，木蘭花和穆秀珍雖然已脫離了危險期，但是身子仍極其衰弱，高翔根本不能和她們去商量這件案子。

高翔只能依靠他自己來解決心中的疑團。

他覺得林勝一定還在此地，因為在嚴密的監守下，他是不可能混出本地去的。

高翔覺得十分有信心，他登上了車子，駛到醫院去看木蘭花和穆秀珍兩人。

第二天，高翔仍充滿了信心。

第三天，高翔以為那只不過是時間問題。

第四天，高翔的信心有點動搖了。

第五天，高翔黯然了。

第六天……

8 最顯眼的人

第六天，木蘭花和穆秀珍兩人才能拄著杖，在護士的攙扶下，在走廊中慢慢地走著。

那天上午，高翔來看她們的時候，她們恰好正在走動。

高翔三步併作兩步地向前走去，歡欣地道：「啊，你們可以行動了，我看不久就可以出院了，你們終於漸漸復原了！」

「是的，」木蘭花笑了笑，她清瘦了不少，但是更有一股出俗的美麗，「你的案子進行得怎樣了，可有新的發展？」

高翔將國家基金銀行被劫一事，完全瞞著木蘭花和穆秀珍。

這時，他聽得木蘭花這樣說法，還故作驚訝地道：「什麼案子啊？」

「哈哈！你還在瞞著人，」穆秀珍大聲一笑，幾乎跌了一跤，她連忙坐了下來：「蘭花姐早已將這幾天的報紙看完了。」

高翔苦笑著，道：「原來你已知道了，我是怕你操心，所以才不說的。案子麼，已經差不多了，可就是捉不到林勝這個人。」

「贓款呢？」

「當然也沒有下落。蘭花，你還是好好休養，別操心的好。」

「我不能不操心，我和秀珍二人被害，顯然就是林勝下的毒手，如果居然給他漏了網，形形色色的匪徒知道了，有什麼感想？」木蘭花憤然地大聲說道。

木蘭花是很少動真怒的，但這時她卻真的滿面怒容。

高翔自覺慚愧，道：「我們已動員了一切力量，並且一連五天，都跟蹤麗莎的妹妹夢娜，可是卻一點結果也沒有。」

「要在那麼大的城市中找一個人，本來是不容易的，但是有名有姓有照片，這就不應該找不到，我看其中一定另有原因。」

「什麼原因？」

「林勝是一個極其聰明的人，這從他如此巧妙地佈置了劫案，而且居然在事先害我們，這一點就可以知道了，他可能是……」

高翔自然知道，木蘭花除非是不發表意見，否則，她的意見一定是極其精闢的，是以他連忙問道：「可能怎樣？」

木蘭花卻又轉了話頭，道：「美國的小說家，偵探小說的鼻祖愛倫坡，有一篇短篇小說，篇名叫作『秘密』，你讀過沒有？」

高翔點了點頭。

穆秀珍搶著道：「我也看過，說是好幾個人在一間屋子中找一封信，將屋中所有的傢俱都拆了開來，還是找不到，但事實上，這封信就插在信封上，掛在牆上，對不對？」

「是的，高翔，你拚命在搜索著林勝，但林勝可能就在你的眼前，你看，」木蘭花指著一個坐在離她五碼外的一張長凳上的一個人，那病人的頭臉上全裹了紗布，只有眼睛露在外面：「這個人，可能就是你要找的林勝，也說不定的。」

高翔呆了一呆，道：「你是說……」

他才講了三個字，心中便陡地一亮！他想起了一個神秘的醫生來。

他早便料定事情和一個醫生是有關係的，但是在跟蹤夢娜幾天而毫無收穫之後，他便將這個假定淡忘了，這時候，他才又猛地想了起來，警方人員找遍了每一個地方，就是未曾找過醫院！

像那個病人那樣——這時候那病人已站了起來——頭上臉上，紮滿了紗布，誰知道他是不是林勝呢？林勝是可以通過一個醫生，假冒病人混進醫院來的。

那病人站了起來之後，迅速地向走廊的另一端走去。

這時，又有一個神氣軒昂的醫生，從走廊的一端慢步走了過來，那醫生和病人相會了，兩人低聲地交談著。

高翔這時並不是懷疑這個醫生和病人，他只不過是想到了林勝可能利用醫生和病人這一個關係而隱藏了起來而已。但是當他在那樣想的時候，他的雙眼卻自然而然地望著那醫生和那病人。

那醫生和病人的肌肉，在高翔的目光下，顯得十分僵硬，但是高翔卻沒有注意。

非但高翔沒有注意他們，連木蘭花也未曾注意他們。

而那個病人卻正是林勝；那醫生則是黃永洪！

木蘭花道：「我只不過是從報紙上得知了一些經過，詳細的情形怎樣，我想你應該向我說一遍了，我或許可以提供一些意見。」

「好的，我們回病房去。」高翔提議。

木蘭花點頭答應，在護士的扶持下，她和穆秀珍回到了病房中。

高翔也跟著進去，直到他們進了病房，林勝才吁出一口氣來。他忙道：

「你是在開什麼玩笑，將我和木蘭花姐妹放在同一個醫院中，你究竟是在搞什麼鬼？」

「噓，低聲些，只有這樣才最安全。」

「安全個屁，剛才我還聽到木蘭花在和高翔說，最顯眼的人最值得懷疑——」他打了一個冷戰：「她甚至是指著我說的。」

「真的？」黃永洪駭然道。

「當然是，剛才高翔這樣子瞪著我們，你沒有看到？我要出院了，我要離開這裡！」林勝握著拳，不耐煩地說著。

「你就這樣子滿街亂跑？」

「還不能拆紗布麼？」

「不能，至少還要二天！」

其實，黃永洪心中有數，紗布是早可以拆除的了，但是這筆錢在什麼地方，還未曾有著落，使他不想拆去林勝面上的紗布。

他曾派人跟蹤過夢娜，也是一無頭緒，因為夢娜發現有人跟蹤她，就根本未曾再上火車站去過，然而，夢娜卻已用電話詢問出了，有兩個大箱子放在八十四號行李箱中，已有七人了。

夢娜假作是打的長途電話，要管理處再多保管一個月，她會付費用的，管理處也答應了。

夢娜沒有採取什麼行動，黃永洪當然也得不到線索。

而林勝並不知道他曾經被黃永洪和夢娜逼供一事，他仍在堅持要等他出院之後，再來分那筆贓款，當然他也是存心不良。

他著急地道：「三天？哼，只怕我們立即要被發覺了！他們對一個滿頭滿臉是紗布的人，會不起疑心？而且這個人又是你送進院來的！」

黃永洪打了一個呃。林勝所說的是實情，他的底細，警方是知道的，警方一對他懷疑的話，林勝自然逃不過去，黃永洪並不厚愛林勝，但是鉅款的秘密還在林勝的心中！

他壓低了聲音，道：「解決她們。」

「誰？」

「木蘭花和穆秀珍！」

「你下手？」

「不，是你！她們的身體還未曾十分復原，每天要進食許多藥物，你日夜都在醫院中，要害她們，太容易了！」

林勝吸進了一口氣，他也知道，在如今這樣的情形下，要害木蘭花姐妹並不是難事！

黃永洪和林勝兩人好一會不出聲。

結果，是黃永洪打破沉默，低聲道：「我可以給你毒藥，你將她們要服的藥換去，我們今天晚上就下手，事不宜遲！」

林勝「哼」地一聲，道：「是我今天晚上下手，不是我們！」

「怎麼樣，」黃永洪聽出了林勝聲音中的不滿：「搶國家基金銀行的不是你麼？」

「當然，但是你卻比我分得多。」

「好，你不願意幹也可以，留著木蘭花在世上，看是誰不得了。」黃永洪擺出一副愛理不理的神氣，向外走了開去。

林勝的臉上紮滿了紗布，他臉上的神情如何，自然看不出來。然而從他胸口起伏的情形來看，他的心中分明是怒到了極點！

黃永洪走開了幾步，才聽到林勝以十分乾澀的聲音叫道：「站住，好了，就是今天晚上動手吧，我知道了，我已對醫院中的情形瞭解得十分清楚了。」

「好，我等一會派人將毒藥送來。」

「別派人來，多經一個人手，多一重麻煩。」

「也好，我自己來好了。」黃永洪邁著勝利者的步伐向病房外走去：「今天晚上，你可得做得妥當一點才好！」

黃永洪並沒有看到，當他走出病房的時候，林勝緊緊地握著拳，用力地敲在病床之上，同時，他的喉間，發出了一種難聽之極，如同被關在籠中的惡獸所發出一樣的低吼聲來。

這種低吼聲，是任何人聽了都會不寒而慄的，黃永洪如果看到了這種情形，那只怕以後事情的演變也就不同了。

黃永洪出了病房，他大著膽子，向木蘭花的病房慢慢地走了過去。

病房的門開著，但是當他在門前站了一站之際，便可以聽到高翔正在講述國家基金銀行劫案的詳細情形，他停了並沒有多久，便離了開去。

在病房中，高翔向木蘭花和穆秀珍兩人詳細敘述著這幾天來所發生的一切，穆秀珍不斷地打著岔，木蘭花則只是安靜地聽著。

一直到高翔講到在火車站遇到了麗莎的妹妹夢娜的時候，木蘭花才突然問道：「這是一個極重要的線索，她可還在本市？」

「在。」高翔點了點頭。

「可曾對她進行監視？」

「有，三個最能幹的便衣人員，日夜不停二十四小時地監視著她，可是一連好幾天了，她卻一點行動也沒有，不，有是有的，只不過是幹她的本行，兩天前，她曾在一家珠寶行中偷去了一只鑽戒，可知她沒有發現我們是在監視她。」

「也可以說她知道有人在監視她，卻故意下手偷一點東西，好讓你們以為她不知道有人監視，從而真的放棄監視的。」

「也有這個可能。」高翔同意木蘭花的分析。

「我看不像，她不怕人在偷東西的時候抓她麼？」穆秀珍又插口了，「當場抓到了她，她也要坐一年半載的牢！」

「可是，」高翔攤了攤手，說：「那卻打草驚蛇了。」

「對啊，這女人很聰明。」穆秀珍拍了拍自己的頭頂。

「高翔，你在審問她的時候，她一句口風也沒有露出來過麼？」木蘭花再一次問。

她雖然還未曾全部復原，但是對於一切疑難的事情，她卻仍然有著極其強烈的求解之心，她平躺在床上，正在思索著何以一切齊備了，網兒也撒下了，但是魚兒卻不落網！

高翔想起自己和夢娜單獨相對時的情形，不禁有些尷尬，他忙道：「一點也問不出什麼來，可是她的手袋，當我出其不意地奪得她的手袋之際——」

「怎麼樣？」穆秀珍迫不及待地問。

「她的手袋上有一股濃烈的藥味，我當時就心中起疑，問她和她的醫生朋友怎樣了，她臉上的神色立即變了一下。」

「哦，」木蘭花大感興趣，「後來呢？」

「她自然沒有說出什麼來，但是我看這其中一定有古怪，但由於這幾天來，我們對她進行如此嚴密的監視，一點也沒有發現，所以我想這或者也無關緊要了。」高翔說完，靜候著木蘭花的回答，他實在需要木蘭花超人智力的幫助。

可是，木蘭花卻一聲不出。

她非但不出聲，而且還慢慢地閉上了眼睛。

「蘭花。」高翔忍不住低聲呼喚她。

木蘭花仍然閉著眼睛，揮了揮手，道：「你先回去吧，我覺得十分疲倦，需要休息了。別放棄對夢娜的繼續監視。」

高翔答應了一聲，站了起來。

他多少有點感到失望，他希望即使木蘭花疲倦得要睡了，也可以讓他陪在身邊。然而他又知道，這是不可能的事情，是以他站了起來之後，沒有再說什麼，便慢慢地向外走去，還輕輕地將門關上。

他才一出去，木蘭花便又睜開了眼來。

「哈，」穆秀珍指著木蘭花一笑，「你是下逐客令，將高翔趕走了，對不對？」

「噓，低聲些，他可能還沒有離開。」

穆秀珍站起來，走到門旁，伸手拉開了門，向外面張望了一下，才又縮回頭來，道：「他已經走遠了，蘭花姐，你為什麼要他走？」

「秀珍，」木蘭花以十分沉重的聲音道：「我發現我們現在的處境十分危險，但如果這件事讓高翔知道了，那他一定會打草驚蛇的。」

「危險？」穆秀珍大惑不解。

「是的，你沒有在高翔的說話中聽出什麼來麼？」

「沒有啊。」

「秀珍，高翔在夢娜的手提包中聞到一股濃烈的藥味，而一提到醫生的時候，她又面上變色，你想不出其中的道理來麼？」

「這個……至多說事情和一個醫生有關。」

「是的，我們先假定夢娜和林勝是有關係的，再假定夢娜又和一個醫生有關，那麼你想，林勝最理想的藏匿地方是哪裡？」

「是——」穆秀珍略想了一想，「醫院？」

木蘭花道：「不錯。」

「這是我們剛才開玩笑時講的——」她忽然頓了一頓，「蘭花姐，你的意思是說，林勝正藏在這家醫院之中？」

「你的推理能力進步得多了。」

「可是這怎麼可能？林勝的照片到處都是，他在醫院中露面，人家認不出他來麼？他又怎能一直躲著，不為人所知？」

「我記得，當我們在走廊中閒談的時候，有一個病人在走廊中走出去，他的頭臉全是包紮著紗布的，你可曾注意到？」

「他就是林勝？」

「當然不一定是，但是如果林勝也以紗布將頭臉完全包紮起來，或是包紮起一半來，那麼，他就可以不被人認出來了。」木蘭花冷靜地說。

「蘭花姐，」穆秀珍直跳了起來，「那我們還等什麼？為什麼還不到每一個病房之中，將可疑的病人全都抓起來？」

「然後又怎麼樣？」

「將他們臉上的紗布全都撕下來！」

「是啊，那麼，如果有的病人傷口還未曾痊癒，給你撕了下紗布，傷口起了惡化，你是不是要負責任呢？」木蘭花反問。

「這……這……」穆秀珍顯然未曾想到這一點，是以她期期艾艾，答不上來，好一會才道：「我們是為了抓凶手嘛！」

「也沒有看到過像你這樣抓凶手的。」

「那麼，蘭花姐，我們怎麼辦呢？」

「剛才，我說我們的處境十分危險，你明白這是什麼意思麼？」木蘭花變換了一個躺著的姿勢，她簡直睡下來了。

「我不明白。」

「用心想一想。」

穆秀珍並不是不聰明的人，但是她脾氣急躁，沒有耐性，做什麼事情都是潦潦草草，三下五去二就算數了，現在她給木蘭花逼著一想，立時就明白了，道：

「我知道了，你是說，林勝在這個醫院中，看到我們一天一天地好起來，他會向我們下毒手？」

木蘭花十分高興地點了點頭，說道：「你說得對。」

穆秀珍受了稱讚，更是得意，道：「蘭花姐，我連你下一步的計畫都知道了，你準備讓他來害我們，引他上鉤！」

木蘭花笑著在她的肩頭上拍了拍，道：「有你的。」

穆秀珍越發得意，索性學著木蘭花平時的樣子，道：「可是，這個辦法也是有漏洞的，萬一，林勝不想害我們呢？」

「問得好，我們要使他來害我們，所以，第一步，我們要請一位警官，去調查全醫院中，臉部包紮著紗布的患者，這位警官必須公開進行這件事，那麼，當林勝知道我們已經懷疑到他的藏身之處後，他也會開始行動了。」

穆秀珍道：「好計畫，但是，林勝如果不在這裡呢？」

木蘭花搖頭道：「這個問題可問得不怎麼好，你要知道，我們如今進行一切，全是在林勝是躲在這個醫院中的大前提下進行的，如果林勝不在，那當然得另打主意了，但即使他不在，我相信，他第一次害人不成，看到我們漸漸康復，仍然是會來第二次害人的。」

（各位讀者，木蘭花對事件的精密的推測，距離事實是不遠的，在這次事情中，她的幾個假定都和事實十分接近，她推測錯誤的，只不過是第一次害她們的不是林勝，以及夢娜和林勝並不發生直接的關係這兩件事而已，但這兩件事和整個事件是無關的。）

木蘭花揮了揮手，道：「所以，我們從現在起，要加倍的小心，對於任何人，任何事情，任何食物，都要小心從事。」

「對，那麼我去通知警方。」

「好的，你不妨在對警官交代任務之際，將聲音放得大一些。」木蘭花笑著，「那麼，醫院上下人等，就全知道我們的用意了。」

穆秀珍走出了病房，木蘭花仍躺在床上。

一分鐘後，木蘭花不禁啼笑皆非。

她吩咐穆秀珍大聲一些交代警官，可是沒有想到，穆秀珍竟以唱大花臉也似的嗓門在直叫：「統計一下，有多少臉部受傷的病人！」

她一連叫了六十遍，只怕四層樓高的醫院之中，所有的病人、護士、醫生、員工，沒有一個人聽不到她的聲音了。

等穆秀珍回到病房中的時候，她還得意洋洋地反問，道：「怎麼樣？我表演得可好？我想，林勝如果在醫院中，他一定聽到了。」

木蘭花忍不住笑了起來，道：「我想一定聽到了！」

兩人的神情雖然緊張，但是當她們想到一個狡猾之極的匪徒會自動上鉤，自己送上門來之際，她們卻又十分興奮。

本來，她們受傷初癒，是極度需要休息的。

但是為了防止敵人再度對她加害，是以她們輪流休息，決定以病後虛弱的身子和凶惡狡猾的林勝鬥上一鬥！

9 天字第一號傻瓜

整座醫院，仍和平日一樣，十分寧靜。

除了木蘭花、穆秀珍和林勝之外，沒有第四個人知道，在這座看來如此恬靜的醫院中，將會有驚心動魄的事情發生！

黃昏時分，黃永洪又來到了醫院中，他將兩顆毒藥交給了林勝，那是兩粒白色的藥丸，和木蘭花姐妹所服食的藥丸一樣。

黃永洪是醫生，他自然可以輕而易舉地弄明白，木蘭花姐妹服食的藥丸是什麼形狀的，林勝若是能順利地將藥丸對調，木蘭花姐妹是非死不可的！

而林勝在醫院中住了那麼多天，他也注意到木蘭花和穆秀珍兩人，在夜晚的服藥時間是兩次，一次是八時，一次是午夜十二時。

要給病人服食的藥，先由當值的護士準備好，放在護士的休息室中，時間一到便由當值的護士送到病房之中去——這是林勝在下午觀察的結果。

他在下午，曾經假意到護士室中去走過幾次，完全沒有人干涉，看來，要將藥丸換過，那是極其容易的一件事！

林勝決定在午夜行事，所以，當天色漸漸黑下來，走廊中亮起了黃黃的燈光之際，他躺在床上，仔細地思索著。

他並不是想著如何對付木蘭花，因為在他看來，由他出手，來對付兩個重病初癒的女子，那簡直是「大材小用」之極了，他所思索的，是如何對付黃永洪！

他已經偷了一柄鋒利的手術刀放在床墊之下。

黃永洪替他拆除面上的紗布之際，當然會有護士在場，但是林勝估計，如果他出其不意，刺死了黃永洪的話，那護士一定會目瞪口呆的，而他就可以有足夠的時間逃出醫院去了，那時，容貌已經改變，人海茫茫，誰還找得到他？

林勝想到得意之處，翹起了腿，哼起歌兒。

時間一點一點地過去，林勝絕不是初出茅廬的犯罪者，他是犯罪的老手了，是以，越是離下手的時間近，他就越是鎮定，

他甚至於小睡了一覺，在十一時半，他醒了。

病房中黑沉沉地，只有走廊中，略有光線射入。

林勝站了起來，輕輕地推開了門。

在走廊之中，靜悄悄地，一個人也沒有。只有在木蘭花的病房之外的一條長

凳上，坐著一個警官，那個警官雖然未曾熟睡，但分明是在半睡眠的狀態之中。

林勝乍一見到那個警官，心中不禁本能地吃了一驚。但是他繼而一想，如今自己是一個病人，在這裡出現，走動，乃是理所當然的事情，又何必怕那個在打瞌睡的警官？

他將兩粒毒藥小心地捏在手中，向外走了過去。

護士當值室是在洗手間的附近，他堂而皇之地走著，在經過那個警官的時候，那個警官甚至連眼皮也不抬一抬！

林勝來到了護士值班室的門口，有兩個護士在裡面。一個護士正在準備著要給各個病房病人吃的藥，另一個則在看小說，林勝毫不在乎地走了過去，再過去，便是洗手間了。

他到洗手間去轉了一轉，回到了護士室的門口，向內張望了一下，搭訕著道：「姑娘，我還有幾天可以拆紗布啊？」

看小說的那個抬起頭來，道：「別心急。」

「啊！」林勝如發現新大陸也似地，向前踏出了一步：「你在看什麼小說？是瓊瑤的，還是張曼娟的？這兩人的小說都好好看。」

那護士笑了起來，推了推眼鏡。

林勝已經走進了護士室之中，但是兩個護士誰也不覺得突然。他又搭訕了幾句，然後，站到了那在配藥的護士背後。

「姑娘，」他又柔聲道：「你可知道，那兩個姓穆的女病人，就是鼎鼎大名的兩位女黑俠麼？她們是給仇人所害的。」

「當然知道！」那護士揚起頭，並且轉過頭來回答。

「等一等，別動！」林勝突然道：「你臉上的一點灰塵，我來替你抹去！」

那護士果然不動，林勝的左手在她的臉上輕輕抹了一下，但是在此同時，他的右手已伸到了藥盤之中！

林勝是一個魔術師，魔術師的手指是最靈活的，林勝自然也不例外，是以他只不過用了一秒鐘的時間，便已將放在小方紙上準備給木蘭花和穆秀珍兩人服食的藥丸，換上了黃永洪給他的含有劇毒的毒藥，他又小心地縮回手來，向後退去。

那護士還向他一笑，道：「謝謝你。」

「不必客氣。」林勝的事情已辦完了，他退了出去。

護士室中，配藥的依舊配藥，看小說的仍舊看小說。

這兩個值班護士，只怕做夢也想不到已發生了這樣的變故！

林勝回到了他的病房之際，又在那警官的面前經過了一次，那警官仍是連看也未曾看他！

林勝躺在床上，時間已是十一時五十分了。

林勝在黑暗之中，自己對自己笑了笑，一切看來都是如此順利！木蘭花和穆秀珍兩人死於中毒，高翔又有得要頭痛了。

若不是醫院之中真的如此靜寂，他真要大笑了起來！

十一點五十分，夜已深了。然而高翔仍然在他的辦公室中。

他離開了木蘭花後，立即佈置了對全市大小醫院的檢查，可是直到這時候為止，卻仍然一點線索也沒有，高翔坐在辦公桌前，正在苦苦思索著。

也就在這時候，電話鈴突然響了。

高翔按下了一個按鈕，便聽得傳話器中一個聲音道：「高主任，十七號便衣探員有報告來，你可要直接收聽麼？」

十七號便衣探員，那就是高翔派去監視夢娜的三名幹探之一，他有報告回來，高翔自然是要親自接聽的，他忙道：「請接過來！」

十七號探員的報告，是利用無線電通話器進行的。

高翔按動了幾個鈕掣之後，便在傳音器中，直接聽到了十七號探員的聲音：「高主任，高主任，我是十七號探員。」

「是的，你繼續講。」

「我正在夢娜的住宅之外，一分鐘前，有一輛編號六七四〇一號的汽車自東駛來，停在門口，那是一輛黑色的賓士房車——」

高翔一面聽，一面按下了另一個掣，吩咐道：「快查明六七四〇一號汽車的車主是誰！」

十七號探員的報告仍在繼續著：「一個中年人站在門口，已按了很久電鈴了，這中年人的衣著，十分華貴，像是上層人士。現在，門開了，開門的是夢娜，夢娜見到那中年人，像是吃了一驚，高主任，我將他們的交談聲直接傳給你！」

派去監視夢娜行動的三位探員，都是配備有最新的監視儀器的，這時，十七號探員可以清楚地看到夢娜臉上的神情。

但是，十七號離夢娜至少有一百二十呎，他是藉著紅外線望遠鏡在觀察著夢娜的行動，而微波竊聽儀使他可以清楚地聽到夢娜低聲交談的聲音，這時，他只消將微波竊聽儀的一股線接在無線電通話器上，那麼，連遠在幾里之外的高翔，也可以清楚地聽到夢娜的聲音了。

夢娜的聲音聽來十分吃驚：「是你！」

接著，便是一個相當低沉的男子聲音：「是的，想不到吧，讓我進去坐坐怎麼樣？你總不好意思就這樣款待客人吧！」

那聲音十分熟悉，高翔可以斷定，自己對這個聲音十分熟悉，然而，一時之間，他卻想不出那究竟是什麼人來。

也就在這時，高翔辦公室的門上有人敲打，高翔應了一聲，一個警官推門進來，將一份表格放在高翔桌上。

那是一份車主的登記表格。在「車主姓名」那一欄下，赫然是「黃永洪」三個字！一看到這三個字，高翔根本不必再看其他，便已什麼都想起來了，因為事情發展到如今，算是邁進了一個新的階段！

因為黃永洪毫無疑問就是那個和事件有關的醫生！

高翔聚精會神地聽著，只聽得夢娜冷冷地道：「我當然不準備請你進去，而且還請你離開，你可以說是大字第一號的大傻瓜！」

「嘻嘻，」黃永洪笑著：「我怎麼是傻瓜？」

「警方一直在監視著我，」夢娜狠狠地道：「你一來見我，你的身分已經暴露了。」

「噢，」黃永洪顯然呆了一呆，但隨即道：「你別嚇我了，我來的時候，在附近兜了一轉，也未見到有什麼人在！」

「你知道個屁！」

「就算警方有人在監視你，只怕也無暇兼顧了！」黃永洪得意洋洋地說著：「他們現在只怕傾巢而出，到醫院中去了。」

高翔的心中陡地一怔：這是什麼意思？

夢娜的聲音停了一停，當然她也呆了一下，然後才道：「到醫院去，你出賣了他？是不是？哼，你已找到線索了麼？」

高翔一聽，一面腦細胞在超速地活動著，出賣了他，這個「他」是誰呢？是林勝？林勝的確是在醫院之中？找到了線索，又是指什麼而言的？

「哈哈，」黃永洪卻笑起來，「當然不是，他們趕到醫院去，是為了到太平間去看木蘭花和穆秀珍，去瞻仰遺容！」

黃永洪說得如此之放肆，這令得高翔大吃一驚。他在一時之間，竟不知道怎樣應付才好。

「木蘭花死了？」夢娜急急地問。

「快了，大約還有三四分鐘，讓我進來，我詳細地告訴你。」黃永洪一講完，便傳來了開門聲，腳步聲，接著，便靜了下來。

然後，便是十七號的聲音：「他們進去了，可要繼續進行偷聽？」

高翔卻並沒有回答，這時，他已經慌亂得顧不得回答了，木蘭花在三分鐘或是四分鐘內會發生危險，這是可以肯定的事，要趕到醫院去阻止，已經來不及了，唯一的辦法，就是立即打電話到醫院去，高翔立時撥了醫院的電話，電話鈴「滋滋」地響著，可是沒有人來接聽。

高翔額上的汗不住地向下淌下來。

他收了線，再打！再收線，第三次打。

直打到第三次，才有一個顯然是剛從瞌睡中醒來的聲音，很不耐煩的問道：「找誰啊，半夜三更，這是醫院，你搭錯線了。」

「別收線，」高翔怒吼了一聲，時間已耽擱了一分多鐘了，還能再耽擱麼？「我是警方，你快叫木蘭花病房外的那位警官來聽電話！」

「呵——」那邊的聲音打了一個呵欠，放下了電話，高翔甚至可以聽到那該死的傢伙慢吞吞地向前走去的腳步聲。

如果高翔的手夠得上去捏那傢伙的鼻子的話，他一定毫不猶豫捏到那傢伙透不過氣來為止……可是這時，他卻只好乾著急。

那個接聽電話的該死的傢伙，是醫院的一個雜役，他在瞌睡中醒來，一面揉著眼，一面來到了那警官的面前，用力推他。那警官也睡著了。

在雜役推警官的時候，戴眼鏡的護士，拿著藥盤，輕輕地推開了木蘭花和穆秀珍兩人的房門。

在此同時，林勝正將他的房門推開了一條縫，看著外面的情形，他看到了那個護士進了房門，才舒了一口氣，心中暗想，木蘭花這回是再也逃不出鬼門關了！

警官被推醒，弄清楚了是怎麼一回事情，來到電話旁邊，拿起電話的時候，高翔怒火上升，已忍不住要祖宗十八代一齊罵出來了。

「你在幹什麼？」高翔怒叫著。

「我……」警官一聽是高翔的聲音，呆了一呆，睡意全消，「我……恰好在廁所。」

「木蘭花，有人要加害她，快去看她！」

「沒有啊，一切都很平靜。」

「混蛋，快去看她！」

警官連忙放下電話，向木蘭花的病房走去。

高翔總算吁了一口氣，看來，自己的電話還算打得及時，木蘭花還未曾發生意外，但是那警官的頭腦不怎麼清醒，自己還得以最快的速度趕到醫院中去。

他放下了電話，令一個警官將十七號探員的所有報告一齊記錄下來，然後，他駕著車子，以極高的速度向醫院趕去。

高翔在向醫院趕去的時候，心焦如焚，但是那個警官在放下了電話之後，動作卻仍是慢吞吞地。他心中只感到高翔有點神經病。醫院中這樣安寧，誰會去害木蘭花？那簡直是笑話。可是高翔既然這樣吩咐了，卻也不能不去看一看。

他踱著方步，來到了木蘭花的病房之前，在門上敲了兩下，那時候，木蘭花和穆秀珍兩人正在護士的照顧之下，各自拿著一粒藥丸，待放到口中去。

她們一聽到敲門的聲音，便放下手來，木蘭花心中不禁有些奇怪，她先向穆秀珍望了一眼，連得穆秀珍也不免緊張了起來。

然後，木蘭花才問道：「誰？」

「是我？蘭花小姐，你沒有事情麼？」

木蘭花聽出了是那個警官，而這一問，卻令她感到事有蹊蹺，她忙道：「請進來，你這樣問我，是什麼意思？」

那警官推門而入，笑道：「沒有什麼，剛才高主任來了一個電話，他很緊張，說是就在這幾分鐘內，會有人來害你。」

穆秀珍一聽，首先笑了起來，道：「奇怪，他是怎麼知道的？有人要來害我們，他連時間都知道，這不是太有趣了麼？」

穆秀珍一面說，一面將手中的那粒藥丸抛進了口中，喝了一口水，吞了下去，又在藥盤拿過了第二粒，木蘭花卻不像穆秀珍那樣輕鬆，她放下了藥，道：「他還說些什麼？」

那警官道：「他叫我來看你們。」

穆秀珍又待將第二粒藥抛進口中，但是木蘭花卻揚起了手，道：「且慢，護士小姐，你進來的時候，可曾見到什麼異樣的事情發生麼？」

護士搖了搖頭，道：「不曾啊。」

「蘭花姐，」穆秀珍不耐煩地說：「高翔一定是神經過敏了，千萬別聽他胡言亂語，我們吃完藥，也該可以睡了。」

木蘭花卻仍然搖著頭。

「不行。」木蘭花走下床來，「我得和高翔通一個電話，我看他急急地打電話，一定是有道理的，一定有人要在一個固定的時間來害我們！」

她抬頭看了看鐘，又補充道：「我看這時間是在午夜十二時。」

穆秀珍也抬頭看了看，道：「現在不過十二點了！」

她一面說，一面打了一個呵欠，順手又將手中的藥向口中拋去，就在那一剎間，木蘭花陡地心中一驚，叫道：「別吃藥！」

她突如其來地一叫，令穆秀珍的手一震。是以，穆秀珍拋出的那顆藥丸沒有跌進她的口中，而是落在床上了。這時除了木蘭花以外，其餘三個人都是莫名其妙。

木蘭花正色道：「高翔的電話一定是有來由的，有人想在十二時正害我們，謀害我們的行動正在進行之中。」

「你說什麼？」穆秀珍不明白。

「唯一可以使我們在午夜十二時受害的方法，便是將毒藥當作普通的藥丸，讓我們自己取起毒藥，送進自己的口中去，毒死自己！」

木蘭花說得十分正經，是以，剎那之間，穆秀珍和護士的臉色都變了！

穆秀珍臉上變色，是因為她剛才已吞服了一顆藥丸，如果那是毒藥的話……穆秀珍現出了一個十分尷尬的苦笑來。

而那護士，則想到自己是取藥進來的人，如果木蘭花堅持這樣說法的話，那自己豈不是大大地麻煩？她怎能不呆著。

呆了片刻，還是那護士先開口，道：「穆小姐……你是在開玩笑，故意嚇唬我們的，是不是？我可給你嚇壞了！」

穆秀珍也拍了拍心口，道：「蘭花姐，半夜三更來嚇人，會嚇死人的啊！」

木蘭花瞪了穆秀珍一眼，並不理會她，卻仍以十分嚴肅的聲調道：「護士小姐，我深信我的推測是不錯的，當然這件事和你是沒有關係的，但是我再問你一次，你可曾注意到有什麼樣的事麼？譬如說，在你配藥的時候，有沒有發生什麼事？」

那護士睜大了眼睛，突然道：「是了，四〇三室的病人曾進來過，他是黃永洪醫生的病人，入院已有好幾天了。」

木蘭花陡地站起，道：「可就是面上紮著紗布的？」

「是啊，難道他——」

護士還未曾講完，木蘭花已急急地道：「警官，你快去逮捕這個病人，快，如果你行動夠快的話，你一定可以立下一個大功了！」

那警官的面上，出現了十分猶豫的神色來。

他顯然是絕不知道木蘭花這一個命令真正的意思，但是他的動作卻十分快疾，他向後一退，退到了門旁，突然拉開了門。可是，當他一拉開門，還未曾向後再退出去之際，門外突然有一個人影一閃，一掌狠狠地向那警官的腦後劈了下來。

那警官連轉身看著向他偷襲的是什麼人的機會都沒有，已身子仆倒在地，重又跌進了病房之內，而門外的那個人也一步跨了進來。

那人一進來，便隨手將門關上。他身形高瘦，滿頭滿臉都紮著紗布，只有一雙眼睛露在外面，在他的這雙眼睛之中，充滿了一種難以形容的邪惡光芒。

更令人吃驚的，是他的手中，執著一柄極其鋒利的外科手術刀！他站在門前，陰森的目光向病房中三個女性掃著。

護士小姐乍一見了這等情形。嚇得用手掩住了口，一點聲音也發不出來，身子則不由自主地發著抖，穆秀珍陡地跳了起來。

在她跳起來的一剎間，她根本忘了自己是才從鬼門關回來，連走路也需要扶持的人，她是準備去和那人拚命的！

然而她才一跳起，便已跌在床旁，一陣喘息，幾乎昏了過去，只得眼睜睜地望著前面的那人，一句話也講不出來。

三人之中，只有木蘭花最鎮定。她本來是站在床邊的，這時，身子緩緩轉了過來，面對著那人以十分平靜的聲音道：「林勝，想不到我們做了幾天鄰居！」

林勝聽得木蘭花一照面間便已叫出了自己的名字，心頭也不禁震動了一下，同時，他揚起了手術刀來，向前走了兩步。

他是被那警官的敲門聲引出來的，當他看到那警官進入木蘭花的病房之後，他知道，事情可能有了新的變化了！

而當他躡手躡足來到木蘭花的病房之外偷聽的時候，便自然而然地聽到了木蘭花等人所交談的一切，他知道自己若沒有新的行動，那就完了。

所以，他不等那警官來逮捕他，便先擊倒了那警官，衝進了房內。

他明知道木蘭花和穆秀珍兩人這時可以說是毫無抵抗能力的，他可以殺了他們，然後再設法逃走。但是，當他面對著木蘭花如此鎮定的神色時，他的心中又不免駭然。

木蘭花看到他向前踏出了兩步，更笑了起來，道：「林勝，你完了，你的事情已完全敗露了，我猜想你經過了整容，是不是？」

林勝又震動了一下。

他沉著聲道：「是的，可是你也活不長了。」

木蘭花淡然地笑了笑，道：「林勝，你第一次的詭計可以說是絕妙的，但是絕妙的詭計，奪命紅燭，尚且未能取了我們的性命，何況是現在，一柄尖刀就可以解決我們了麼？你盡可以來試試，看看我可不可以將你手中的尖刀奪下來！」

木蘭花一面說，一面身形微微一矮，擺出了一個十分機警的應敵之勢，但是，當她這樣做的時候，她卻感到了一陣頭昏！

她這時實在是一點能力也沒有的！如果林勝不顧一切地握著尖刀，向她衝了過來的話，在這樣的情形之下，她是絕沒有辦法將林勝手中的尖刀奪下來的！

但是，木蘭花的威名何等震人，林勝一看到木蘭花身形一矮，他心頭受了第二次震動，不由自主向後退出了一步。

木蘭花哈哈笑道：「你不敢，是不是？你的醫生朋友已落網了，你還會久麼？你唯一的出路，便是束手就縛，說出贓款的所在地，那麼，或者還可以免上電椅，可以換一個無期徒刑，要不然，你是完全沒有希望的！」

林勝硬著頭皮道：「你有能力奪下我的刀來麼？」

木蘭花笑道：「不信你可以試試。」

林勝突然又向後退了幾步，退到了門旁，道：「可是我用飛刀傷你，看你有什麼辦法？別忘了，我本來是一個魔術師。」

木蘭花知道林勝的飛刀技術是十分驚人的，她一直在和林勝拖延著時間，希望會有人推門而入，那麼局面便可有所改變了。

但是，她已盡她所能了，林勝仍是佔著上風！

10 女主角

木蘭花覺得自己的手心，在微微地出汗，她的身子向後略退了一步，也就在這時，她看到林勝突然揚起了手來。

木蘭花的反應，可以說快到了極點，她放在床沿的右手突然向上一按，按在病床的操縱桿上，病床的下半部立時向上，翹了過來。

林勝是在一揚手之際，立即飛出了手中的尖刀的，但木蘭花的反應是如此之快，以致當他尖刀脫手之際，病床也向上翹起。

豎起的半邊病床擋住了飛刀，飛刀「轟」地一聲，刺進了床墊之中，木蘭花逃過了這一刀，但是木蘭花站著，本來就是可能隨時跌倒的，這時，她的手用力按在操縱桿上，是連帶整個人一齊向下壓去的，在那樣的情形之下，她當然站立不穩了。

她的身子陡地倒下，跌倒在地上。

穆秀珍一見這等情形，發出了一聲急呼：「蘭花姐！」

林勝在一呆之下，立即明白木蘭花根本是沒有反抗能力的，她絕沒有力道奪走自己手中的尖刀，是以，他立時跨前一步，伸手準備將刺在床墊上的那柄尖刀拔出來，可是也就在此際，病房的門「砰」地一聲被打了開來。

病房的門開得如此之急，林勝才跨出一步，房門便重重地撞在他的背上，撞得他一個踉蹌，向前跌出了一步，壓在床墊之上。

隨著房門被打開，高翔衝了進來。

高翔高聲叫道：「蘭花、蘭花！」

林勝的身子猛地一翻，翻到了病床的另一邊，他幾乎立即一躍而起，跳到了窗口，高翔拔槍在手，喝道：「停住！」

林勝的身子卻不顧一切地向前穿了出去，高翔放槍，那一槍，射中了林勝的肩頭，林勝身子向旁一側，可是他並沒有直落下去。

醫院的牆上爬滿了「爬山虎」，林勝的手抓住了「爬山虎」的籐，籐當然不能負擔他的體重，但是卻使他下跌的勢子緩了許多。他雙手不斷交替地攀著，等到高翔趕到窗口時，他已隱在黑暗之中，高翔看不到他在什麼地方了。

高翔這時也看到了木蘭花在地上的情形，他看不到林勝，並沒有立時也攀出窗去，而是立即轉了回來。

木蘭花已勉強站了起來，掠了掠頭髮，道：「快些追他，別讓他再溜走了！」

高翔再次衝到窗前，攀出窗去，可是這時候，林勝已經不知道上哪裡去了。

當高翔落地之後，他看到地上石子路上有著點點斑斑的血漬，高翔順著血漬向前找尋，但是追十幾碼之後，卻連血漬也不見了！

那當然是林勝已在匆忙地將傷口紮住，所以血漬便中止了，高翔剛才的那一下槍聲，幾乎將整座醫院的人都驚動了。

到處是人聲，腳步聲，寧靜的醫院亂成了一片，高翔急急地奔到值班室，打了一個電話，通知警局，包圍醫院的附近，然後，才又奔回木蘭花的病房。

木蘭花和穆秀珍兩人這時重又躺在病床上了，高翔一到，木蘭花便說道：「捉到了沒有？」

「沒有，可是他受了傷絕逃不遠的，你——」

「我沒有什麼，唉，高翔，林勝竟就在我們隔壁住了好幾天，你說，我們是不是退步了呢？」木蘭花十分感慨地問。

「蘭花，這不干你的事，是我誤了事。」

木蘭花指著凌亂散在地上的一些藥丸，道：「你絕未誤事，你的那個電話救了我們，我相信在這些藥丸中，一定有兩顆劇毒的毒藥在！」

「蘭花姐，你是說，我吞下去的那顆不是毒藥？」

「當然不是，如果是的話，你該躺在急診室中了。」

高翔道：「可是我來得還是遲了，黃永洪去看夢娜，從微波偷聽器中傳來的聲音，說你們在幾分鐘之後就要喪生了，所以我才打電話來的！」

木蘭花呆了半晌，才吁了一口氣，說道：「好險！」

在無線電通訊網的聯絡之下，從高翔趕到起，不到五分鐘，大批警官和警員已趕到了醫院，在醫院的附近展開了搜索。

高翔加派了幾個得力的人員守在木蘭花的病房之外，然後，他才帶著一小隊警員離開了醫院，直駛夢娜住所。

他的車子在夢娜住所處不遠處停了下來。他才一跨出車子，十七號探員便已從隱蔽處走了出來，道：「高主任，那中年男子還在裡面，他還未曾離開這幢房子。」

十七號一面講，一面向前指了一指，那是一幢十分精緻的小洋房。

對於這幢小洋房，高翔可以說是再熟悉也沒有的了，因為他一度曾是這幢小洋房的女主人的入幕之賓！

他揮著手，令所有的警員散佈在房子之外。

十七號探員更進入了黃永洪的車子之中。

高翔來到鐵門外，手在鐵門上輕輕地一搭，人已翻過了鐵門，到了小花園之中，一頭凶惡的狼狗立時吠叫著向他衝來，可是，那頭狼狗衝到了高翔的面前，突然不再出聲，反而在他的身邊捱捱擦擦，表示親熱起來。

高翔的心中不禁苦笑！他未曾到這裡來已有兩三年了，可是夢娜的那頭狼狗卻居然還認得他，這實是使他的心中起了莫大的感慨！

這兩三年來，他的生活起了根本的變化，但是夢娜卻依然故我，高翔心中暗忖，夢娜難道就不肯自新麼，還是她沒有得到適當的機會？

他伸手摸著狼狗的頭，輕輕地向前走去。

在他還未曾越過鐵門之際，便發現樓下的書房中有光芒傳出，他可以肯定，黃永洪和夢娜一定是在書房之中。

他並不繞到牆角去，而是堂而皇之地來到門前，用百合匙打開了大門，穿過了漆黑的客廳，到了書房的門前。

他聽到了黃永洪的聲音，道：「夢娜，你想想，林勝如果知道了那天在我家中發生的事情，他肯輕易放過你麼？」

「一樣啊。」夢娜輕俏地回答：「他也不肯放過你的，是麼？」

「所以，我們兩人要合作。」

「我們不是合作過了麼？」

「你一定知道那三百萬贓款是在什麼地方的，快說，我們兩人分手了，你也還來得及遠走高飛！」黃永洪在大落嘴頭。

可是夢娜卻顯然毫不領情。

她「格格」地笑了起來，道：「我要遠走高飛，不會將所有的贓款全帶走麼？為什麼又要和你 人一半來對分？」

高翔在門外站立了片刻，手按在門把上，輕輕地轉動著，門並沒有下鎖，高翔轉開了門，又等了片刻，才突然將門推開來，跨了進去。

高翔的出現，令得書房中的黃永洪和夢娜都吃了一驚，但是兩人也都是老手了，他們隨即鎮定了下來。

夢娜低聲笑道：「高主任，你可有入屋搜索令麼？」

高翔的態度也十分輕鬆，他走到了一張沙發前坐了下來，翹起腿道：「一個老朋友來訪問你一下，也要入屋搜查令麼？」

「噢，原來是這樣，」夢娜冷笑道：「可是，我沒有你這樣的朋友，你出去！」

高翔仍然坐著不動，道：「我走不要緊，可是圍在屋外的弟兄，可都要衝進來了，這不是更加麻煩得多了麼？」

「什麼？」黃永洪一躍而起，以極快的手法拔槍在手。

然而高翔的動作比他更快！

高翔的手一直放在袋中，也一直握著槍，黃永洪才一拿槍在手，高翔便扳動了槍機，「砰」地一聲響，子彈恰好打在黃永洪的手槍上。

黃永洪猛地後退一步，他的手槍震出了窗口。

黃永洪的面色，變得極其蒼白。

「黃醫生，」高翔冷笑著：「你的事發了，林勝指你是打劫銀行的主謀，我看你得好好請兩個著名的律師才行了！」

「這畜牲……」黃永洪怒罵著：「關我什麼事？他……走投無路，才要求我來替他整容的，怎說我有主使他打劫銀行的陰謀！」

「原來如此，那麼，匿藏罪犯，你總有份了吧？」

「那是小罪。」

「可是，用毒藥交給林勝，要用來殺人呢？」

「這……」黃永洪的身子忍不住簌簌地發起抖來。

夢娜卻在這種情形之下高聲笑了起來，道：「好了，好戲快收場了。」

「還沒有，」高翔轉過頭去，「因為女主角還未曾正式出場。」

「女主角？」夢娜做了一個十分疑惑的神情。

「是的，就是你，夢娜小姐。」

夢娜的面色變了，她僵坐不動。

「林勝全供出來了，夢娜，你怎麼忍心為了爭奪林勝這樣的人，而殺了你的姐姐麗莎？」高翔搖著頭，嘆息地說。

「什麼？」夢娜尖叫了起來，「他說什麼？」

「你殺了麗莎，夢娜，殺人是要抵命的，我也不能再替你開脫了，這是你自己不好，誰叫你不肯及早回頭的？」高翔又嘆了一口氣。

「他胡說，林勝是在胡說！」夢娜用盡了氣力叫著：「麗莎是他殺的，因為麗莎和我商量好了要帶著贓款遠走高飛！」

「這些話，你留著到法庭上去說吧。」

「高翔，」夢娜奔到了高翔的面前，「放我一次。」

「我已經放過你一次了。」

「再放我一次，再一次，我一定改過自新。」

「帶著三百萬贓款遠走高飛的人，是不會改過自新的。」高翔攤手，「等贓款用完了，你又會去犯罪，去尋求新的贓款。」

夢娜後退了一步：「高翔，你這樣狠心！」

「不，夢娜，我是為你好，以你對珠寶的鑑別能力而論，你可以成為國際知名的珠寶專家，這正是目前最吃香和極有地位的職業之一，別讓那些骯髒的贓款將你拖得更深，若是你再掉下去，那就沒有什麼人可以拉你起來了！」高翔誠懇地說。

夢娜低下了頭，好一會，她才道：「在火車站，八十四號行李儲放箱。」

高翔站了起來，向黃永洪微微一鞠躬道：「請，黃先生，你可以和我們的人一齊到火車站去，你不是想起贓款的麼？你總算可以如願以償了！」

黃永洪面色蒼白，在高翔的押解下，走出了這幢房子。

兩個警官迎了上來，問道：「咦，怎麼只有他一個人，夢娜呢？」

高翔沉著聲道：「夢娜和事情是無關的，我們去起贓款，醫院方面的情形怎麼樣了，找到林勝了沒有？」

「還沒有，但這只是時間問題而已。」

「好，到火車站去！」

在火車站，順利地取到了兩大袋鈔票，又直駛警局，高翔一直以無線電話在和醫院方面聯絡著，但是林勝卻仍然沒有下落。

高翔再趕到醫院時，已經將近凌晨三時了。

醫院的花園，正被好幾輛警車上的探照燈照得通明，警員在草叢中以及任何可以藏人的地方，仔細地搜查著。

高翔上了樓，進了木蘭花的病房。

木蘭花一見高翔，便道：「還沒有找到，是不是？」

高翔苦笑著點了點頭。

「林勝經過黃永洪的整容手術，他的面貌可能完全不同了，我想他不會逃離醫院的，因為他穿著病人的衣服，而且還受了傷。」木蘭花頓了一頓，「注意最不受人注意的地方，注意每一個肩頭受傷的面生人！將搜索園子的警員撤回來好了。」

高翔答應著，向外走了出去。

他打開門的時候，走廊上一個穿著醫院雜役制服的人，正在拿著掃把，在走廊中掃著地，漸漸地掃過來，當那個雜役在高翔身邊經過的時候，高翔根本未在意。

可是，也就在那一瞬間，高翔只覺得腰際的手槍突然一輕，等他陡地轉過身來時，那雜役已到了他的身後，同時，他手中的槍也已指住了高翔的腰眼。

高翔站定了身了，剎那之間，他完全明白了！

「帶我出去！」那自然是林勝的聲音，在他身後響起。

高翔將聲音放得很鎮定，道：「我看沒有這個可能，因為你手中的是空槍，我剛捉了黃永洪，子彈在捉他的時候用完了。」

「啊！」林勝吃了一驚，揚起槍來看。

高翔猛地一個轉身，肩頭已撞在林勝負傷的肩頭之上，同時，他抓住林勝的手臂，將林勝直摔了出去，林勝的身子在走廊中滑向前去，他手指扣動了槍機，那當然不是空槍，他連扣了三下，三粒子彈呼嘯著飛了出來。

然而，他整個人根本是被高翔摔出去的，當然不能瞄準，高翔也立即向一旁躍開，這時，又有警員自樓梯衝了上來，而林勝也掙扎著站了起來。

「小心，他手中有槍！」高翔立即高叫。

那警員立時伏下，林勝向那警員發了兩槍，準備硬衝下去，可是那警員卻在剎那之間連還了兩槍，這兩槍射中了林勝。

林勝的身子打了一個旋，退到了牆前，倚牆而立。他不住地喘著氣，舉起槍來，對準了他自己的額角。

高翔在這時候向他穩步地走去，道：「林勝，你逃不了法律的審判的，槍中已沒有子彈了。」

林勝還不相信，他扳動了槍機。

「卡」地一聲，槍中果然沒有子彈了。

林勝頹然放下槍，幾個警員一湧而上！

木蘭花姐妹出院的那天，恰好是林勝坐電椅的那天。林勝已將整個事情的始末完全供了出來，高翔知道夢娜本來就是無辜的，他自己總算未曾枉法，心中亦定了許多。

而穆秀珍則發誓，以後即使過生日，生日蛋糕上也不再點蠟燭云云。

請續看《木蘭花傳奇》7 駭客交鋒

倪匡奇情作品集

木蘭花傳奇6奪命燭（含：神秘之眼、奪命紅燭）

作　者：倪匡
發行人：陳曉林
出版所：風雲時代出版股份有限公司
地址：10576台北市民生東路五段178號7樓之3
電話：(02) 2756-0949
傳真：(02) 2765-3799
執行主編：朱墨菲
美術設計：許惠芳
業務總監：張瑋鳳
出版日期：2023年8月
版權授權：倪匡
ISBN ：978-626-7303-67-2
風雲書網：http://www.eastbooks.com.tw
官方部落格：http://eastbooks.pixnet.net/blog
Facebook：http://www.facebook.com/h7560949
E-mail：h7560949@ms15.hinet.net
劃撥帳號：12043291
戶名：風雲時代出版股份有限公司

風雲發行所：33373桃園市龜山區公西村2鄰復興街304巷96號
電話：(03) 318-1378　　　傳真：(03) 318-1378
法律顧問：永然法律事務所 李永然律師
　　　　　北辰著作權事務所 蕭雄淋律師

行政院新聞局局版台業字第3595號 營利事業統一編號22759935

定價：299元

國家圖書館出版品預行編目資料

奪命燭／倪匡 著. -- 臺北市：風雲時代出版股份有限公司,
2023.05, 面； 公分.（木蘭花傳奇；6）

ISBN : 978-626-7303-67-2（平裝）

857.7　　　　　　　　112003778